EU AMEI VICTORIA BLUE

Todos os nomes de personagens reais nesta obra, incluindo "Victoria Blue", foram substituídos por nomes fictícios, para preservar a privacidade das pessoas. Qualquer semelhança com outras pessoas com os mesmos nomes, vivas ou mortas, terá sido mera coincidência.

ESTÊVÃO ROMANE

EU AMEI VICTORIA BLUE

Minha história de amor com uma garota de programa em Nova York

EU AMEI VICTORIA BLUE

1ª edição – Agosto de 2010
Grafia atualizada segundo o Acordo Ortográfico da Língua Portuguesa
de 1990, que entrou em vigor no Brasil em 2009.

EDITOR E PUBLISHER
Luiz Fernando Emediato

DIRETORA EDITORIAL
Fernanda Emediato

PRODUÇÃO EDITORIAL
Ana Paula Lou

CAPA
Alan Maia

PROJETO GRÁFICO
Guilherme Xavier

DIAGRAMAÇÃO
Guilherme Xavier

PREPARAÇÃO DE TEXTO
Renata da Silva

REVISÃO
Josias A. Andrade

DADOS INTERNACIONAIS DE CATALOGAÇÃO NA PUBLICAÇÃO (CIP)
(Câmara Brasileira do Livro, SP, Brasil)

Romane, Estêvão
Eu amei Victoria Blue
Estêvão Romane. -- São Paulo : Geração Editorial,
2010.

ISBN 978-85-61501-44-0

1. Romane, Estêvão - Memórias autobiográficas
I. Título.

10-07086 CDD-920.71

ÍNDICES PARA CATÁLOGO SISTEMÁTICO:

1. Homens : Memórias autobiográficas 920.71

GERAÇÃO EDITORIAL

Administração e Vendas
Rua Pedra Bonita, 870
CEP: 30430-390 – Belo Horizonte – MG
Telefax: (31) 3379-0620
Email: leitura@editoraleitura.com.br

Editorial
Rua Major Quedinho, 111 – 7º andar, cj. 702
CEP: 01050-030 – São Paulo – SP
Telefax: (11) 3256-4444
Email: producao.editorial@terra.com.br
www.geracaoeditorial.com.br

2010
Impresso no Brasil
Printed in Brazil

I never knew a man
could tell so many lies.
He had a different story
for every set of eyes.
How can he remember
who he's talkin' to?
'Cause I know it ain't me,
and I hope it isn't you.

NEIL YOUNG

1

Alguns nesta cidade já tiveram o privilégio de estar com Victoria Blue, mas eu não pagaria dois mil dólares por ela. Ainda que ela fosse tudo aquilo em que cheguei a acreditar. E eu já acreditei muito. Tanto que quando aterrissei em Nova York, aos 18 anos de idade, namorava uma mulher de 47. Havíamos começado a namorar seis meses antes de minha partida.

Conheci Sylvia quando eu tinha nove anos de idade, ela era professora de inglês em minha casa. Sempre a desejei. Lembro-me de tentar colocar uma câmera de vídeo no banheiro para espioná-la, mas nunca deu certo: a câmera era muito grande e faltava espaço para posicioná-la dentro do cesto de roupa suja. Quando contei isso a ela, já namorados, ficou lisonjeada. Vá entender...

Sua espiritualidade englobava um *pot-pourri* místico de Deus, santos, espiritismo, conspiração de alienígenas envolvendo o governo norte-americano, fantasmas, as muitas vidas de Marilyn Monroe, numerologia, anjos da guarda, auras, o poder do cosmos sobre nossa consciência, a força da mentalização, a transmigração da alma, reaparições em sonhos, vidas passadas. Ela parecia sempre buscar a peça que fosse para completar um infindável quebra-cabeças.

Nasceu e se criou na mesma cidade que eu, São Paulo. Teve uma vida difícil. Aos 18 anos concebeu uma filha com um americano, sem planejar a gravidez. O sujeito foi aprender engenharia de som em Nova York e acabou viciado em heroína. Menos de uma década depois, sob custódia do Estado por tráfico, foi encontrado morto, assassinado com dois tiros na cabeça perto do portão de sua casa em Maryland. Aparentemente uma briga de bar mal resolvida: "Atira! Pode atirar! Não ligo mais. Já perdi tudo nessa merda de vida", teriam sido suas últimas palavras.

Minha relação com Sylvia era quase que pura lascívia, agressiva, animal, anal. Um espetáculo. Não tínhamos limites, vivíamos esfolados.

Adorava vê-la jogada na cama, exausta, ainda tremendo de seus orgasmos e gemendo num misto de dor e prazer. Adorava sentir o cheiro de sexo no ar depois de tantas horas trancados no quarto. Transávamos na praia ao cair da tarde, numa rua, encostados num carro qualquer, até por telefone e internet, quando distantes fisicamente. Trocávamos tapas, deixava marcas de minha mão em sua bunda, amarrava-a com lençóis e por vezes a surrava com cinto.

Mas a vida foi me levando, me levando, e terminei com Sylvia definitivamente em meados de janeiro de 2008. Disse, por telefone, que queria "viver Nova York" e ela entendeu, ou pareceu entender.

Depois de um ano e meio vivendo um namoro a distância, estava solteiro. Me joguei nos quentes braços de Lady Apple.

2

Moro num prédio comum de cinco andares no Upper West Side, até que bem cuidado pelo que posso observar na região. O dono, Robert, americano nascido em Nova Jersey, músico evangélico, bonachão, careca gorducho falante, era casado com uma alta executiva de banco e fazia papel de síndico aos trancos e barrancos. Desenvolvemos boas relações rapidamente.

O bacana mantém um estúdio de música no térreo. Por uma dessas boníssimas coincidências, vim para Nova York estudar engenharia de som e logo nos primeiros meses por aqui remodelei seu estúdio, fiz o som de um *show* em memória do 11 de Setembro no Central Park e acabei por fazer alguns trabalhos para sua igreja.

Cheguei nesta cidade sem expectativas mirabolantes. No entanto, logo nos primeiros dias, Nova York mostrou sua imponência e tomei um belo sopapo. Me vi cercado de música, pintura, loucos, comida, bebida, luz, roupas, câmeras, espectadores, encenações, charutos, promoções, festas, pobreza, *glamour*, esportistas, roqueiros, bilionários, famosos, taxistas, drogados, mendigos, lixo, carrões, propagandas, obras, sirenes, polícia, bombeiros, bêbados, sujeitos mal-encarados, anônimos, muitos anônimos... Aprendi que tudo o que se pode imaginar acontece em Nova York 24 horas por dia, 60 vezes por hora, 60 vezes por minuto, em mais de um idioma. O que não está acontecendo, o dinheiro faz acontecer. E há bastante dinheiro.

Estudava numa faculdade no Harlem, antiga, de certa forma respeitada, porém sofrivelmente burocrática, medíocre. Tinha cursos de manhã e de tarde, com longos períodos livres entre uma aula e outra. Meu dia sempre acabava antes das cinco da tarde, exceto quando tinha algumas horas a mais no estúdio de música ou aulas de coro. Diga-se de passagem que tenho uma voz para canto terrível, algo entre Florence Foster Jenkins e Chatotorix, o que me rendia maldosos comentários de meu professor, um velhinho de mais de 90 anos, veterano de duas guerras, Rupert Evian.

Foi num fim de expediente desses, numa sexta-feira, que Bahia, amigo brasileiro que conheci no Brooklyn, me chamou para o aniversário de sua namorada num bar no East Village. O lugar tinha aquele estilão alternativo, paredes sujas grafitadas, cadeiras dos anos 70 com o couro vermelho rasgado, mesas azuis de aço e madeira vagabunda e chão de hospício quadriculado preto e branco. Acho que chamam isso de *hipster*.

Já havia visto junkies e gente esquisita em minha vida, mas todos juntos num mesmo local, tomando cerveja ao meu lado, era novidade. Um sujeito careca, gordão com tatuagens por todo o corpo, entrou no bar com um cachorrinho do tamanho de um ratão a tiracolo. O diabo do cachorro era uma graça, o que dava àquela figura ares de amabilidade.

Sentado ao balcão, eu bebia uma cerveja atrás da outra, tentando captar os fluidos da noite. Acabei por puxar conversa com uma loira americana de cabelos descuidados, dotada de um rosto com traços finos e olhos azuis muito bonitos e convidativos. Ela tinha uma voz mansa, gostava de sorrir, mas seu olhar era de quem havia sofrido muitas dores do coração. De fato, ela ainda carregava a plaqueta de identificação do exército de seu noivo, morto a tiros num estacionamento por dois jovens viciados em *crack*.

Em pouco tempo de conversa ela me apresenta sua irmã, Jovana, que falava sobre sexo com o *barman*, algo sobre surubas; uma coisa levou à outra e obtive seu telefone. Ela se dizia "curiosa para provar uma carne mais nova". Saímos dois dias depois, belo domingo, e logo estávamos aqui em casa trepando em meu sofá sujo.

Era uma boa mulher. Morena de corpo esguio, alta, cabelos longos e encaracolados, 29 anos, estudava para ser curadora. Dizia que não gostaria de ser uma grande diretora de museu porque achava que isso a faria perder seu foco na família. Queria apenas casar, ter filhos e educá-los numa casa afastada da cidade.

Jovana me contou que não havia tido um orgasmo em mais de dois anos. Ela chegava a se masturbar cinco, seis, sete vezes por dia com os mais diversos vibradores possíveis, mas, quando com um homem, não conseguia relaxar o suficiente: "Os homens nesta cidade são uma merda, fui tratada que nem lixo, que nem meretriz!"

Certa vez, no jardim de infância, ela recebeu de um professor umas palmadas na bunda e, desde então, sem saber muito bem por que, ficara com esse tesão. "É, sou uma sadomasoquista", gostava de dizer. Ela fantasiava em arranjar uma mulher a quem pudesse mandar ficar pelada, ajoelhar-se e me chupar:

– Te chupar cada vez mais forte, fazê-la engasgar em você. Quero fazê-la tomar toda a sua porra, depois quero que ela me faça gozar enquanto você arregaça o cu dela.

Tinha também a fantasia de me comer com uma cinta-pinto. Uma imaginação fértil, como se vê.

3

Robert gostava de bisbilhotar a vida alheia, tinha o péssimo hábito de se fingir de bobo para ver quem entrava e saía do prédio. A porta de seu estúdio dava de frente para a porta da rua e ele sempre buscava algum assunto para conversar fosse com quem fosse. Eu não ligava muito, nunca tive nada a esconder.

Num dia de frio menos intenso, chegando da faculdade, fui pegar minha correspondência na caixa de correio. Robert abriu a porta e veio falar comigo:

– *Hey*, como vai, meu chapa? Tudo certo com o apartamento? Você viu que eu mudei as lâmpadas da entrada? Comprei-as em promoção, rapaz, bem melhores do que as outras que estavam aqui, tá vendo? Aliás, tenho visto uma morena bonita por aqui, ela sempre diz que vai visitar você. Está mandando bem, hein, garoto?

Fingi que não ouvi a segunda parte da fala:

– Sim, Robert, belas lâmpadas.

– Escuta, o apartamento em frente ao seu, no andar de cima, está vago e uma possível inquilina ficou de passar por aqui esta semana. É uma brasileira, linda, adorável. Você tem que conhecer essa mulher, rapaz! Quero que você me ajude a alugar esse apartamento pra ela. Eu falei que havia um brasileiro morando aqui, que ela ia gostar de você. Hein? O que me diz? Ela é uma coisa, rapaz, uma coisa!

Me veio o desejo de que ela fosse, além de linda e adorável, inteligente, engraçada, culta, perfeita. Que homem não desejaria uma vizinha dessas?

Passei o resto da semana de ouvido atento para o barulho de alguém subindo ou descendo a escada. O prédio tem mais de cem anos, as portas não fecham direito e a pintura descasca nas paredes do corredor. Ainda hoje imagino quantas histórias teriam cada cômodo, cada quarto, cada canto. Robert chegou a me contar que, na década de 90, um sujeito assassinou seu namorado com um revólver e se matou em seguida. Mais dois fantasmas que se juntaram aos milhões desta cidade, deste país.

Por volta das três da tarde do dia 2 de fevereiro de 2008, confirmado o barulho da escada, espio pelo olho mágico e, deformada pelo vidro tosco do visor, lá estava a imagem da interessada no apartamento acompanhada de Robert. Saio rapidamente do apartamento com a primeira coisa que vejo para jogar fora, uma sacola de plástico com uma caixa de leite e uma lata de sopa Campbell's de minestrone, minha favorita.

– Olá, Davi! Que bom que está aqui, eu estava justamente falando de você. Esta é a... Como é que eu digo seu nome mesmo?

– Fernanda.

– Este é o Davi, o brasileiro de quem eu vinha lhe falando.

– E aí, tudo bom? – abro o sorriso mais aberto que consigo. – Achei que você não iria mais se mudar para cá, o Robert esperou por você a semana inteira.

– Ainda não sei se vou ficar com o apartamento, devo decidir hoje. Tu sabe como é tentar achar um bom apartamento em Nova York, tão difícil...

– Eu também demorei até encontrar este meu apartamento. Mas tenho certeza que você vai gostar daqui. Pelo sotaque você é gaúcha, né?

– Sim! Sou de Porto Alegre. Moro em Nova York faz quatro anos. Fui modelo por muitos anos, agora faço pós-graduação em arte. E tu?

– Sou de São Paulo, também vim estudar, faço engenharia de som. Adoro arte, gostaria muito de ver seus quadros.

– Bem – Robert se mostrava incomodado por estarmos falando em português –, desculpe interromper, mas vamos ver o apartamento, *miss* Fernanda? Até logo, Davi.

– Até logo, Davi. Prazer em te conhecer.

– Antes de ir, aceita um cafezinho, Fernanda?

Eu havia comprado uma máquina de café expresso e sabia que uma boa brasileira não resistiria ao convite.

– Não sei se devo, acho que não...

– É expresso, vem rápido. Quer também, Robert?

– Não, obrigado, tenho problema de pressão, não posso mais tomar essas coisas.

A visitante tomou o café rapidamente. Ofereci um segundo.

– Não quero incomodar... Mas eu adoro café, me lembra tanto o Brasil...

Fernanda tinha mais ou menos um metro e oitenta de altura, cabelos castanho-escuros estilo Chanel, pele bem clara, olhos azuis. O *jeans* justo e a malha de lã arroxeada, levemente felpuda, delineavam discretamente as belas linhas de seu corpo esguio de modelo. Seu rosto, marcante, de traços bem definidos, o queixo estreito e os olhos semicerrados deixavam transparecer uma forte sensualidade.

Já no terceiro café, servido no meio do corredor, aconteceu que o meu buldogue inglês Rômulo, então com quatro meses de idade e já pesando vinte quilos, forçou a porta e foi se roçar nas pernas da moça.

Ah, Rômulo era um sucesso com as mulheres. Elas paravam no meio da rua para tirar foto, se jogavam no chão para brincar com ele, beijavam, apertavam, queriam levá-lo para a casa. Gostaria de ter nascido um buldogue. Pensei em rolar na calçada quando visse uma mulher bonita passando, mas acho que elas não iam gostar. Injusto. Me considero muito mais fofo e bonito do que um cachorro, não lato e só mordo se pedirem.

– Eu também tenho um cachorro! Superfofo! Quem sabe os dois não podem ser amigos?

Acabei por ser testemunha no contrato de aluguel. Apesar da lareira que não funcionava, o pé-direito era alto, tinha um quarto à parte e uma varanda que dava para os fundos do prédio, para a generosa copa de uma velha árvore. No quarto mal cabia uma cama de casal, na sala mal cabia um sofá; o banheiro era minúsculo, a cozinha mais ainda, mas a parede de tijolos à vista emprestava ao apartamento certo ar de nobreza.

A nova vizinha se despediu e meu *landlord*, ficando um pouco para trás, me deu dois tapinhas amigáveis nas costas como quem diz "Vai que é sua, garoto!".

4

Uma semana depois do meu primeiro encontro com a nova inquilina percebo movimento de mudança em seu apartamento. Subo para oferecer ajuda, mas ela não estava. Quem encontrei foi um sujeito de meia-idade, brasileiro, com o pouco cabelo que ainda tinha totalmente branco, camiseta regata fuleira e *jeans* velho com chinelo tipo havaianas.

Seu nome era Benedito. Deu-me permissão para entrar. Estava terminando de pintar uma parede numa cor que mais parecia bosta.

– Minha futura vizinha tem um gosto excêntrico – comentei. O sujeito me confessou que também achava a cor horrível. Ela já o tinha feito repintar três vezes.

– Você gosta de Nova York? – perguntou-me Benedito.

– Esta cidade é incrível. Tudo quanto é comida, bebida, bares, mulheres de todo o canto do mundo. Só falta mesmo um boteco.

– Tá solteiro?

– Gostaria, mas estou de rolo com uma mulher da Sérvia.

Eu gostava de dizer que Jovana era da Sérvia, mas era americana; seu pai, sim, era sérvio.

– Que coincidência! Minha namorada também é da Sérvia. Moramos juntos em Astoria, numa casa alugada.

– Pra falar a verdade, eu não sei o que fazer com essa mulher, não estou muito mais a fim – disse eu pensando na enorme probabilidade de que o que eu falasse ali seria repassado à vizinha.

– Não liga, não... Mulheres... Aqui em Nova York você tem que ficar esperto!

– Oh, claro, claro – observei, sem entender bem o que ele queria dizer.

– Essa coisa de pintar parede é só um bico. Eu sou massagista, faço muita massagem nas brasileiras daqui. A maioria ganha a vida como... bem, garota de programa, sabe? Mora tudo aqui pela altura da rua 50, 60 no West Side.

– É mesmo? Muita mulher se manda pra cá com isso na cabeça, não? Os gringos devem ficar loucos com elas. Tem gente cheia de grana pra tudo.

Nunca gostei da ideia de pagar por sexo. Pra mim não funciona de jeito nenhum. Minha primeira e única experiência com uma garota de programa aconteceu na casa de meus pais, em São Paulo. Eles tinham viajado. Numa noite de bebedeira, meus amigos, todos por volta dos 16 anos de idade, souberam que eu era o único da turma que nunca tinha comido uma puta. Tanto me encheram que chamamos uma através de um serviço no celular. Em quarenta minutos me aparece uma mulher pouco atraente, entregue num Opala preto com dois homens no banco da frente.

Meus amigos tentaram convencê-la a fazer um *striptease* para todos ao som de um Muddy Waters que eu havia encontrado entre os discos do meu pai, mas ela não quis. Insistiram mais um pouco – nada. Mentiram que era meu aniversário – nada. No final das contas, acabou cedendo e deu lá umas reboladas, enquanto me olhava fazendo bico, fingindo me seduzir. Meus amigos gargalhavam. Subi com ela para o quarto.

Sem saber muito bem o que fazer, comecei a beijá-la. Ela beijou de volta, com língua. Reclamou da luz do abajur em seu olho enquanto ia tirando minha roupa. Tirei a dela. Seus peitos eram grandes, com auréolas roxas enormes. Chupava-os. Meu pau nem se mexia. Continuamos nos beijando – nada. Foi então que tive a brilhante ideia de meter a língua na xoxota dela.

Eu sei, depois "aprendi" que isso não se faz, como dizem os apreciadores, "com qualquer puta". Mas para mim, naquele momento, era uma mulher, e achava que, se pelo menos conseguisse quebrar o estigma de que estava pagando por uma coisa com a qual ela não teria prazer algum, poderia funcionar.

Sinto seu pé incrivelmente hábil roçar em meu pau.

– Posso te fazer um elogio? Você chupa muito gostoso. Quero te foder como nunca te foderam! Vem me comer, vem?

– Não sei se vai rolar. Na boa...

– Porra, no dia em que a puta quer dar, o cara não quer comer!

Poesia pura. Mas não funcionou. Se não sinto atração, desejo, não funciona. Muito menos pagando. Não conseguia tirar da cabeça que, bem, ela era uma prostituta. Acabamos deixando de lado a ideia de transar e completamos a meia hora combinada batendo papo. Perguntei por que ela havia entrado para a prostituição. Olhou para o vazio e respondeu:

– Sabe, esse ano saiu um carro da Ford, aquele Ka, lindinho. Quero comprar um roxinho!

Faço votos que esteja gozando de seu objeto de desejo.

– As meninas aqui em Nova York são umas verdadeiras princesas! Você as vê na rua e jamais diria que são garotas, são mulheres para se namorar – disse Benedito.

Pergunto se minha vizinha era uma dessas.

– Fernanda? Não, Fernanda não. Ela é doidinha, bem doidinha, mas de um coração maravilhoso. Gosto muito dela, é como se fosse uma filha para mim. Não conta pra ela o que eu falei sobre as garotas de programa, hein? Não posso ficar conhecido como fofoqueiro. Isso acabaria com o meu trabalho.

– Pode deixar, Benedito, não se preocupe.

Fiquei imaginando se ele não seria um cafetão. Mas um cafetão não estaria pintando de bosta uma parede. Fiquei tranquilo.

5

Alguns dias depois, chegando da rua com algumas compras de supermercado sob o típico vento desgraçado de Manhattan, escutei barulhos vindos do apartamento da nova inquilina. Subi para oferecer ajuda, claro. Ela insistiu que não precisava, mas, muito simpática, me fez entrar.

O apartamento estava uma zona. Chifres de antílopes, bolas de vidro, peças de xadrez gigantes, candelabros, roupas, caixas e mais caixas por todo lado.

De tanto oferecer mão-de-obra, ela me fez mover umas caixas bem pesadas de um canto a outro do apartamento. Coisa inútil, só para me dar serviço, quem sabe para apaziguar algum instinto masculino.

Notei um quadro grande, de um bom metro e meio por dois, pousado contra a parede apoiado no chão. Perguntei se era dela: "Não mexe aí! Não está acabado! Não olha!", respondeu rapidamente. Brinquei de dar uma espiada, mas ela ficou realmente brava: "Te mostro quando ficar pronto, enxerido."

Encontrei diversos livros num canto da sala e puxei assunto. Conversamos rápida e superficialmente sobre diferentes autores, romances favoritos. Ela gostava de ler de tudo, desde *best-seller* americano até prêmio Nobel, passando por Balzac, Gogol e Saramago. Aliás, orgulhosamente, contou que havia escrito para um jornal de escritores quando ainda morava em São Paulo.

Eu me preparava para sair, pensando que já começara a incomodar, quando, para minha surpresa, ela me pega pela mão e fala para sentarmos no chão. Queria me emprestar alguns filmes para eu assistir em casa.

Ela puxa dois porta-DVDs e começa a mostrar sua coleção. Muita comédia romântica, besteirol americano, uma ou outra coisa boa, mas em geral filmes que só de ver o título eu queria distância.

Passando sua interminável coleção de séries de TV, ela chega a uma seção pornô. Meu espírito começou a fervilhar e um turbilhão de maravilhosas imagens passou por minhas cabeças.

Os filmes eram desses com histórias do tipo "o encanador", "o limpador de janelas", "o entregador de pizza", "o bombeiro da mangueira grande". Mas por que ela me mostrava aquilo? Seria um acidente premeditado? Fosse lá o que fosse, achei uma delícia.

– Quer levar algum pra assistir? Já vi todos, sei tudo de cor. Aliás, não aguento mais ver os mesmos. Preciso comprar outros.

– Bom – respondo sem graça –, essa eu passo.

– Que foi? Não gosta?

– Não é bem isso, gostar até gosto, mas...

– Ficou surpreso em ver uma mulher com uma coleção de filme pornô? Por quê? Só homem pode ter?

– Veja bem – disse eu com um sorriso de orelha a orelha –, muito pelo contrário, adorei isso em você, mas...

– Comprei esses filmes pro meu ex-namorado, quer dizer, namorado, apesar de não fazermos nada já há uns dois anos... Comprei pra ele ficar assistindo no quarto enquanto eu fazia outra coisa.

– Dois anos sem sexo? – estava mais do que feliz com a informação.

– E qual é a sua com essa guria que volta e meia dorme na sua casa?

– Ah, não tenho nada com ela. Estamos juntos, só isso, mas nada demais.

– Hum... Nada demais? Sei. Bom, desculpa guri, preciso que tu vá, tenho muito o que fazer.

– Realmente, parece que a arrumação vai demorar. Vamos marcar um vinho em meu apartamento esta semana?

– Sim! Vamos combinar. Boa noite, gurizinho.

6

A neve caía sobre Manhattan. O auge do inverno havia passado, mas ainda assim de vez em quando havia uma ou outra noite branca. Adorava o silêncio das ruas vazias, por vezes interrompido por táxis derrapando, bêbados e mulheres estridentes. Pelas quatro altas janelas do meu apartamento, banhado pela luz alaranjada do poste de luz, cheguei a ficar horas contemplando aquela imagem.

Estava com Jovana e havia preparado alguns camarões de Nova Orleans flambados em rum banhados em manteiga de Isigny. Bebericava whisky japonês e me esbaldava com cerveja alemã de barrilete. Viva a globalização!

Jovana se mostrava feliz, mas com certeza notara que eu havia passado a flertar com a vizinha. De sorte que eu não me surpreendi com a pergunta:

– O que você acha dessa sua nova vizinha?

– O quê que eu acho? Não sei... Normal. Por quê?

– Ela tem cara de louca. Só a vi de passagem, mas tem cara de louca.

– Também acho, meio maluquinha.

– Você quer comer ela, não quer?

– Eu? Não! De forma alguma!

– Mentiroso, não consegue nem esconder! Já que é assim, quero comer ela também, só pra ver o que você vê de tesão nela. Quem sabe não trepamos os três juntos – disse irritada, visivelmente enciumada.

Eu queria mais era me embebedar. Bebia copos e copos, um atrás do outro. Rômulo tentava derrubar meu copo de cerveja para beber também. Toda vez que a torneirinha do barrilete pingava, ele se lambuzava inteiro. Sempre que o flagrava, eu saía correndo e pulava em cima dele, rolávamos no chão e brincávamos que nem filhotes numa matilha. Gordo, forte, branco como a neve com manchas caramelo, Rômulo adorava quando eu fazia cócegas em sua pança rosada com pintas pretas. Belo animal.

Estava me servindo de mais uma dose de whisky quando batem à porta. Vou ver quem é. A tal vizinha.

– Oi, guri! Desculpa te incomodar, mas tens alguma bebida aí? Estou com Brian, meu namorado, e a gente queria tomar alguma coisa.

– Se eu tenho bebida? Veio ao lugar certo! Vamos lá pro seu apartamento e começamos a festa!

Subo com Jovana, o barrilete, o whisky e alguns copos. Logo começamos a beber. A conversa fluía em inglês, perguntas básicas do tipo "o que faz aqui", "quando chegou" e por aí vai. Notei que o inglês de minha vizinha era muito ruim, cometia erros crassos de sintaxe e tinha um sotaque que doía nos ouvidos, mas até que era bonitinho.

Ela namorava o tal Brian havia quatro anos, conheceram-se assim que ela chegou aos Estados Unidos. Ele era surfista, lutador de vale-tudo, *skatista*, pintava alguns quadros e fazia poesia, um monte de coisa. Gostei do sujeito.

– E você, Jovana, como veio parar aqui? – pergunta Brian.

– Fui casada com um cara em Chicago por quatro anos e o ajudei a tirar os papéis de imigração, mas nos separamos e vim para Nova York fazer meu mestrado em curadoria.

– E como conheceu seu marido?

– Numa festa. Ele estava completamente bêbado e se aproximou de mim falando coisas obscenas em meu ouvido. Eu o rejeitei, mas ele insistiu. Fiquei brava, disse pra ele me deixar em paz, acho que até mandei ele à merda. Ele me puxou pelo cabelo e disse que eu era um tesão e que ia me comer. Terminei a noite fazendo um boquete no carro, e foi assim que tudo começou.

– Uau, que história! – Fernanda riu. – Eu conheci Brian num bar, mas acabamos a noite em minha cama, não no carro.

Propus começarmos um jogo de bebida, de modo que ficaríamos bêbados em questão de minutos. Funcionou.

– Essa história de namoro é complicada... Nossa, eu com TPM, por exemplo, é impossível! – a vizinha comenta.

– Eu que o diga. Ela fica um terror, já passei por várias.

– *Babe*, realmente você já passou por cada uma comigo... Tadinho.

– Pois comigo, mulher com TPM, chata e birrenta, eu dou logo um tapa bem dado – disse eu brincando, mas Fernanda me olhou bem no fundo de meus olhos com ar de aprovação.

Brian fica completamente embriagado e se dirige ao quarto cambaleando. Não conseguia mais andar sozinho.

– Sugiro que coloquem um balde ao lado da cama. Ele vai vomitar.

Em menos de dois minutos escuto o barulho do balde enchendo. Jovana e eu acabamos nossos *drinks* e nos dirigimos para a porta. Dali pra frente, só me lembro de *flashes*, estava bêbado demais.

Acordo com o sol entrando pela janela e uma ressaca daquelas. Jovana, já acordada ao meu lado, parecia irada, indignada com algo.

– Quê que aconteceu? – pergunto.

– Você não lembra?

– Não. Do quê?

– Bom, primeiro, na hora de ir embora, você ficou fazendo massagem no pescoço da vizinha na minha frente e na frente do namorado dela. Nenhum dos dois se importou, então eu acho que você vai comer ela, sim – estava realmente enfurecida.

Perguntei procurando rir:

– Como assim, do que você está falando?

– Você não lembra que ficou falando horrores para mim? Saímos para passear com seu cachorro pelo Central Park. Você o deixou solto e não conseguia nem ficar de pé! Deve ter caído umas dez vezes. Falava que não tinha mais tesão por mim, que nunca teve muito, mas que queria comer sua vizinha, que sua vizinha era uma beldade, que sua vizinha isso, que sua vizinha aquilo. Você não parava de falar dela! Eu só não fui embora e te larguei ali mesmo porque eram três da manhã e eu não queria voltar sozinha naquele horário para Astoria, longe pra caramba!

– Bom, desculpa... – disse eu constrangido e tentando colocar clareza naquela situação em meio às brumas da ressaca.

– Mas é verdade tudo aquilo que você falou?

– Bem, já que foi dito... Gostaria que não tivesse sido daquela forma, me desculpa, mas, agora, já foi... Sim, é verdade.

Jovana começou a chorar. Não fiz nada para aliviar, nem adiantaria. Hora ou outra as verdades sempre vêm à tona, querendo ou não.

Mais tarde, Jovana liga do trabalho dizendo que queria me ver de novo. "Não vou deixar isso terminar assim", disse ela certa de seu destino.

Ficamos mais três semanas juntos. Terminei com ela de vez assim que o avião levantou voo, na volta de uma viagem que fizemos a Marfa, no Texas. Algumas poucas lágrimas brotaram de seus olhos, enquanto tentava disfarçar olhando o deslumbrante deserto pela janela.

7

As coisas com a minha vizinha estavam caminhando bem. Certa noite, ela bateu em minha porta para me oferecer uma cestinha de ovos de Páscoa, disse que não era nada especial, que não havia segundas intenções no gesto. Eu sabia que isso não era verdade.

Tentamos sair juntos acompanhados do Rômulo e do cachorro dela, um *wheaten terrier* chamado Bingo. Os dois bichos se estranharam e eu também não fui com a cara daquele cão todo saltitante, destrambelhado, sem educação pro meu gosto. Ainda assim, saímos mais duas vezes com os dois animais, que se deram um pouco melhor, para minha felicidade: eu havia percebido que aquilo se tornava um bom pretexto para passarmos tempo juntos.

Fazia um frio danado naquela semana quando chamei Fernanda para irmos com os cães ao Central Park de noite. Eu disse que queria mostrar um recanto adorável em frente a um lago, na altura da 72.

Pouco antes da meia-noite, luar intenso, ruas vazias, neve acumulada, muito frio, o clima era bem romântico.

– Nossa, guri, que gelo! Deixa eu pôr minha mão no bolso do seu casaco para me esquentar.

Meu coração batia mais forte. Caminhávamos em silêncio, tranquilamente em direção ao parque.

De frente para o lago nos sentamos num banco de madeira debaixo de uma casinhola.

– Que lugar lindo, guri!

– Sabia que você ia gostar.

A noite sem vento fazia do lago um espelho onde se refletiam os prédios ao fundo. Estávamos completamente sós. Silêncio.

– Olha, Davi, os dois cachorros estão quietinhos. Que milagre! Acho que eles vão se dar bem, no final das contas.

– Parece que vão.

Fernanda vira-se para mim, me olha bem nos olhos e abre um sorriso singelo, convidativo. Ficamos alguns segundos sem falar nada. Sinto um frio na barriga e uma voz em minha cabeça: "Agora! Beija! Não pensa em nada, só vai e beija!" Me sentia um garoto de novo.

Avanço para beijá-la. Como que em câmera lenta, ela dá uma risadinha e vira o rosto. Acerto sua bochecha.

Captei a mensagem como: "Vai rolar guri, só não agora". Rimos. Sua mão ainda estava em meu bolso e, agora, apertava a minha com mais força.

– Vamos voltar, gurizinho? Estou congelando.

8

Vinte e sete de março de 2008. Fernanda e eu marcamos um encontro. Já havia furado com ela duas vezes, incluindo uma em que tive de passar na casa de Jovana para pegar minha mala que havia sido extraviada do Texas, e minha vizinha demonstrou não ter gostado nem um pouco disso.

Mulheres odeiam, por natureza, ter seus planos cancelados, ainda mais por causa de homens. Percebo que minha vizinha estava perdendo a paciência comigo. Nesse encontro eu tinha de ir. "Passo no seu apartamento umas 7, *ok*? Sem furar", dizia sua mensagem no meu celular, enviada no começo da tarde.

Seis e meia da noite. O telefone toca. Era ela dizendo que iria demorar mais uns "quarenta minutinhos". Tendo alguma experiência nisso, sento-me para esperar por duas horas. Alguns minutos se passam e o telefone toca de novo:

– Opa, sou eu.

Era o "opa" do meu pai.

– Ô Nhonhão! Tudo bem?

– Sim, tudo bem, quer dizer, não.

– O que foi?

– Bem, o Leon passou mal ontem no meio da tarde e foi levado com urgência para o hospital.

– Mas está tudo bem com ele?

– Ele ficou internado desde então. E... e... morreu esta tarde.

Meu grande amigo Leon. Crescemos juntos e o tinha como um irmão. Grande camarada, cara culto pra caramba, estudava história na USP, gostava de comer bem, beber coisas finas, teve bons amigos e grandes mulheres. Sua família é muito próxima da minha.

Um câncer surgiu em seu fêmur quando tínhamos quinze anos de idade. Chegava ao final uma batalha de mais de quatro anos, batalha incessante, mutiladora de órgãos e espíritos. O câncer havia vencido.

– O enterro será amanhã. Ele morreu em paz. Os médicos o fizeram adormecer antes, único pedido do pai dele.

– Puxa, o que é que eu posso dizer?

– Nada, nada... É isso aí, peão. Força.

Desliguei o telefone e comecei a chorar. Era uma morte de certa forma esperada, mas nunca deixamos de nos surpreender quando ela acontece.

Foi toda uma vida juntos, viagens, festas, aniversários, cachorro-quente com mostarda bem apimentada em Paris, sorvete em Buenos Aires, Ano-Novo em Praga com muita bomba, patinhas de siri na Bahia, guerra de neve em Freiung, ravióli da *signora* Alba em Zone... Junto forças e ligo para minha vizinha.

– Oi, gurizinho! Já estou quase pronta!

– Escuta... Um grande amigo acabou de morrer.

– Putz, não sei o que dizer. Sei como é...

– Acho melhor a gente cancelar hoje.

– Claro, guri... Minha avó morreu faz pouco tempo; já passei por isso, é bem difícil. Quer alguma coisa de mim?

Pensei naquela boca e naqueles olhos azuis.

– Sabe de uma coisa, acho que você vai me fazer bem.

Tenho certeza de que o Leon teria ficado orgulhoso de mim. Gostava de ouvir minhas histórias, creio que teria gostado de Fernanda.

– Então tá, já estou descendo.

O estar descendo demorou perto de uma hora. Ela aparece num vestido azul-marinho bem escuro de algodão grosso, um corte quadrado que deixava suas belas costas se exibir, um clássico Manolo verde-escuro, uma bolsa preta de couro simples e de maquiagem impecável. Linda.

Eu me encontrava de *jeans*, tênis mais do que surrados, e com os olhos inchados. Resolvi colocar algo mais decente para acompanhá-la.

– Se você quiser, eu coloco um tênis e *jeans* também!

– Pelo amor de Deus, não faça isso, você está maravilhosa!

Fomos jantar num restaurante que ela conhecia não longe de casa.

Sentamos a uma mesa de canto, ao lado de uma janela grande com cortinas brancas e de frente para um insosso casal de meia-idade. O restaurante parecia um bar de começo do século em Paris, com tons vermelhos, azulejos brancos e fumos de *art déco*.

– Gosta do lugar?

– Sim, bem bacana. Não conhecia, e dizer que moro aqui do lado há dois anos.

O garçom, empetecado num *smoking* vermelho, preto e branco, vem nos atender.

– Posso trazer alguma bebida? – diz prostrando as mãos à sua frente, cordialmente. Logo se percebe quando se trata de um bom garçom.

– O que tu vai beber? – pergunta-me Fernanda.

– Olha, depois podemos até pedir um vinho, mas eu vou de *bloody mary*. Forte.

– Tá, eu vou numa taça de vinho tinto.

O garçom deixa os cardápios, diz que voltava já com os *drinks* e um pouco de pão, faz uma mesura e sai.

– Quê que tá olhando?

– Você.

– Que foi? Tem alguma coisa errada no meu vestido?

– Não, de forma alguma. Você está linda.

– Obrigada – ela abre um sorriso luminoso.

– Estou tentando te entender, te conhecer.

– E o que consegues ver em mim?

– Eu vejo que você se conhece muito bem, uma mulher que teve de deixar de ser menina muito cedo. Uma mulher com um raro senso de elegância, de *finesse*. Imagino que sua educação familiar foi muito forte, aprendeu como tratar um homem e como se portar. Me arrisco a dizer que você vem de uma família tradicional. Uma mulher que sabe exatamente aonde quer ir na vida. Falei bobagem?

– Não! Estou impressionada. Realmente, sou mulher há muito tempo, tive de me tornar uma bem cedo, comecei a modelar com 13 anos e aos 15 fui morar no Japão. De lá fui pra Rússia e, nossa, quase toda a Europa. Morei um tempo na Itália, na França, voltei para Porto Alegre, morei na Argentina, mudei para o Rio de Janeiro e, por último, São Paulo, antes de vir aqui pra Nova York.

– Caramba, você deve ter muita coisa pra contar. Que vida!

– Pois é, tem justamente uma coisa que eu sempre conto num primeiro encontro. Gosto de deixar claro que isso é a pior coisa que eu já fiz com um homem em minha vida, então a pessoa já sabe bem quem sou.

O garçom chega com as bebidas. O *bloody mary* estava realmente bom, bem temperado, apimentado ao ponto. Como se deve. Ela pareceu gostar do vinho.

– Vocês já estão prontos para pedir a comida?

– Bem, na verdade, acho que não. O que quer comer, Davi?

– Não vi o menu ainda. Nos dá um minuto, meu caro?

– Sim, pois não.

– Bem, conte a tal história.

– Tá. Então, quando eu tinha 18 anos, casei com um jogador de tênis argentino.

– Gravíssimo.

Ela ri.

– Que bobo! Mas então, fugi de casa para casar e fui morar em Buenos Aires. Casei para atormentar meu pai. Alfonso é um amor de pessoa, nos falamos até hoje.

– Muito interessante, mas e daí?

– E aí que eu conheci o irmão dele.

– Putz, já vi tudo.

– Mas eu quero que saiba que eu conto isso porque é o que fiz de pior na minha vida, então já falo logo pra tirar do caminho.

– Sim, tá certo. E aí?

– Bom, e aí que um dia eu fui pegar o tal irmão no aeroporto. Quando o vi, minhas pernas tremeram. Um jeito, um rosto, uma beleza... Nunca tinha visto nada igual. Não era só que ele era lindo, ele tinha um charme, uma coisa... Indescritível.

– Mas era o irmão do seu marido.

– Sim, eu sei... Mas não fiz nada daquela vez. Me contive, mas foi difícil.

– Acredito.

– Vamos escolher a comida? O garçom vai ficar bravo conosco.

É verdade, os garçons em Nova York odeiam ficar esperando. O menu era repleto de comidas de bistrô com um toque americano, bistecas de porco, bife tártaro, filé com fritas etc. Não estava com apetite, resolvi pedir a sopa do dia, bisque de lagosta.

– Olha, em geral eu sei que as mulheres se seguram no primeiro encontro, mas eu sou gaúcha e quero carne!

Gostei da atitude, *sexy*. Chamo o garçom e fazemos o pedido. Peço outro *bloody mary*.

– Mais vodca, mesmo tempero.

Volto-me para Fernanda:

– Bem, continue com a história que já estou me matando de curiosidade com tanta interrupção.

– Então, daí eu não conseguia parar de pensar no tal irmão. Um dia, Alfonso vai viajar, mas antes avisa que seu irmão viria passar um tempo na cidade e pede para que eu vá recebê-lo no aeroporto. Foi o que fiz. Era uma hora da tarde, então propus que fôssemos almoçar. E não é que ele me convida para ir à praia naquele mesmo dia? Eu tremia, guri, tremia.

– E você foi à praia com ele?

– Fui, mas não tivemos nada, apesar de ter sido uma tarde maravilhosa. Daí, acho que nenhum de nós aguentava mais, porque depois de dois dias ele me liga e convida para ir vê-lo em seu apartamento. Cheguei lá e ele estava supercalmo, nada ansioso. O apartamento era belíssimo, muito bem decorado, bons quadros, piano de cauda, flores, muitas flores do campo, as minhas preferidas. Ele tocou uma peça ao piano que sei lá o que era, mas era belíssima, e fizemos amor. Não saímos do apartamento por dois dias. Ele cozinhou para mim o tempo todo. Não atendíamos telefonemas, nada. Foi algo assim, mágico. Meu Deus, como sou uma pessoa ruim!

– Bem, quanto a você ser uma pessoa ruim, não posso dizer nada. Você contou para seu marido?

– Contei. Contei assim que saí do apartamento. Ele foi me pegar de carro. Tive de contar.

– E ele?

– Disse que eu não tinha sido a primeira.

– Grave. E daí?

– Daí eu fiz minhas malas e o deixei. Ele queria continuar, mas não tinha como.

À minha pergunta sobre se os irmãos ainda se falavam, ela respondeu que não sabia, que nunca tivera coragem de perguntar isso a Alfonso. E complementou, repetindo:

– Mas escuta, eu conto isso porque é o pior que eu já fiz com outro homem em minha vida, então já tiro logo do caminho para a pessoa saber quem eu sou. Isso foi o pior que já fiz!

– Acredito, acredito. Realmente isso é, bem, digamos, uma baita duma sacanagem.

Faz-se silêncio entre nós. Seu olhar se perde pela janela do restaurante por alguns segundos.

– Às vezes penso tanto no coitado do meu ex-marido... Sou uma má pessoa?

A comida chega. Meu caldo estava bom, ela devorou o bife roendo até os ossos. Nunca tinha visto uma mulher roer ossos com tamanha facilidade e voracidade, achei realmente incrível.

– Que foi? Quê que tá olhando? Nunca viu uma guria roendo osso? – perguntou rindo.

– Já vi, mas nunca assim!

À saída do restaurante, topamos com um homem sentado num banco, com um buldogue na coleira. Abaixo-me para afagar o cão e percebo que ele está todo estropiado. Numa fala quase ininteligível, o dono me diz que o cachorro é bem velho, quase cego e surdo. Como se disfarçasse a emoção com a cena, Fernanda tira da bolsa um cardigã e o veste.

Voltamos para casa falando sobre Leon. Chegamos ao prédio por volta da meia-noite.

Sentados no sofá sujo de minha casa, ela pergunta se eu me sentia bem. Não respondi nada. Me aproximei e comecei a beijar seu pescoço, sentindo seu cheiro, sentindo sua pele com meus lábios.

Arranco-lhe um beijo.

Minha cama fica numa espécie de elevado, tendo de subir uma escadinha para alcançá-la. Começamos a ficar mais vorazes e propus subirmos.

– Mas só para beijar, hein! Não vai fazer nada!

– Não, claro que não.

Nos deitamos e voltamos a nos beijar. Sentia aquela mulher em meus braços, agarrava suas coxas, colei sua cintura junto à minha. Ela começa a beijar meu pescoço, a puxar de leve meu cabelo.

– Só pra dar beijinho!

Nos beijamos cada vez com mais avidez. Baixo a alça de seu vestido delicadamente. Ela não usava sutiã.

– Só nos peitos, hein! Não vai fazer nada!

– Não, não...

Ela tira minha camiseta. Nos abraçamos com força, sentindo o calor um do outro, sentindo o prazer da pele contra pele. Ficamos alguns segundos apenas abraçados, até que não me aguentei mais:

– Não quer tirar de vez seu vestido? Deve estar incomodando...

– Só pra eu ficar confortável, hein? Não vai fazer nada!

Dessa vez não respondi. Enfiei meus dedos por dentro de sua calcinha. Toda depilada, molhada. Ela solta um gemido como se fosse uma gata. Faltam-me onomatopeias.

Não encontro resistência quando arranco sua calcinha fora, jogando-a bem longe de minha cama. Queria que nunca mais fosse encontrada.

–E tu? Não vai tirar a calça?

Não paramos de transar até que a noite se esvaísse.

– Guri, me desculpa... Não posso dormir aqui. Brian ainda está morando comigo e eu disse que ia sair com uma amiga. Já são seis da manhã, fica chato.

– Eu entendo.

9

Na primeira oportunidade que tive, levei as tais flores do campo para Fernanda. Ela se mostrou felicíssima, me enchendo de beijos. Realmente, tão simples isso de flores para uma mulher, mas a maioria dos homens não se liga nisso.

Contei-lhe de meus dotes culinários, ela me desafiou a preparar um jantar. Dizia que fazia anos que não comia um estrogonofe. Marcamos para a noite seguinte em meu apartamento.

Perto de minha casa ficam alguns dos melhores mercados de Nova York. Encontra-se de tudo, desde ostras japonesas e lagostas vivas, peixes do Mediterrâneo fresquíssimos, cordeiro neozelandês, raras trufas brancas, até vinagres balsâmicos mais velhos do que eu.

Peço para meu amigo açougueiro separar belos pedaços de filé-mignon. Compro o resto dos ingredientes selecionando tudo com calma e atenção. Nada poderia sair menos do que perfeito no primeiro jantar que fazia para ela.

Passo numa loja de vinhos e escolho duas garrafas de um bom carménère chileno. Havíamos combinado de nos encontrar às oito. Obviamente, ela se atrasa, porém, por um bom motivo: "Estava me depilando, passando esfoliante no corpo, ficando cheirosa e linda pra ti!". Que maravilha de mulher!

O jantar foi um sucesso. Venci o desafio.

– Guri, esta comida me faz lembrar tanto da minha infância. Obrigada! – diz Fernanda visivelmente emocionada, me dando um enorme e carinhoso beijo na bochecha. Há poucos elogios melhores que um *chef* possa receber do que o beijo de uma mulher.

O bom vinho deixa as conversas mais quentes e íntimas:

– Qual foi a coisa mais doida que você já fez? – ela prega os olhos azuis em mim.

– Putz, não sei. Já fiz algumas coisas de amarrar, já fui amarrado... Transei em alguns lugares diferentes, públicos, mas nada demais. E você?

– Já foi numa dessas casas sadomasô?

– Nunca. Nem sei se iria.

– Nossa, eu sempre tive curiosidade em ir, e meu tio me levou há alguns anos.

– Seu *tio*?

– Eu chamo ele de tio, mas na verdade é o meio-irmão do meio pai, a gente se dá superbem. Ele nunca tocou em mim nem nada, é claro. Ele tem o fetiche de amarrar as meninas, tem uma supertécnica! E como a mulher dele não deixa fazer com ela, meu tio paga umas meninas e faz com elas.

– Ele paga umas putas para amarrar e bater nelas? Que horror!

– Ai, guri, cada um na sua. Ele diz que a mulher dele não gosta, fazer o quê? Ela sabe que ele paga as meninas. Mas, bom, então, aí a gente combinou de ir nessa casa. Só que lá, eu teria que ser amarrada, mas tenho pavor que me amarrem. Então a gente foi, ele me deixou pelada e me amarrou meio frouxo, meio que pendurada, para eu ficar vendo o que rolava na casa.

– Quer dizer que você ficou pelada, pendurada numa casa dessas, com um monte de cara em volta batendo punheta? – me bateu uma sensação de nojo, mas ao mesmo tempo a imagem me excitava.

– Ninguém ficou batendo punheta pra mim e eu estava de calcinha! Mas teve um cara que veio chegando perto de mim, acho que ele desconfiou que eu não estava amarrada de verdade, e meu tio teve um baita trabalho pra convencer o homem que eu estava com ele e que era apenas uma iniciante. Ainda assim, o sujeito lá duvidou e queria me usar! Nossa, eu falei "pronto, vou levar chicotada aqui"!

– E eu, posso te amarrar? Eu gosto desse tipo de coisa.

– Nunca conheci um homem que conseguisse me amarrar. Aliás, me amarrar em todos os sentidos.

– Bem, quem sabe não serei o primeiro?

10

Não vi Fernanda por alguns dias depois daquela noite. Trocamos algumas mensagens de texto, nos falamos rapidamente por telefone, mas nada de muito relevante. Ela se dizia ocupada e, ainda morando com Brian, achava melhor não nos vermos para não criar um clima pior do que já estava.

– Estou fazendo Brian se mudar esta semana, prometo. Depois disso, teremos todo o tempo pra nós, tá bom?

No dia da mudança estava com meu amigo Bahia e demos uma mão ao sujeito. Foi esquisito ajudar o cara, que namorava a mulher que eu estava querendo namorar, a se mandar da vida dela. Me senti um pouco sacana, até porque havia me simpatizado com o sujeito, mas também queria mais é que ele caísse fora da cama de Fernanda.

Carregamos pranchas de surfe, *skates*, malas e mais malas. Devo ter subido e descido as escadas umas dez vezes.

– Muito obrigado, meu amigo. Vamos jogar um futebol um dia desses?

– Acho que não, Brian, jogo mal pra caramba – virar amigo do sujeito já seria demais.

Não fiquei para ver o final da mudança, fui para um bar com o Bahia.

Fernanda me manda uma mensagem na mesma noite me convidando para ir ao seu apartamento na noite seguinte.

Sua casa estava tomando outro aspecto, a cor milagrosamente tinha ficado interessante e o bom gosto na decoração era evidente. Todas aquelas peças esquisitas, no final das contas, faziam sentido. Duas estantes de livro, cadeiras antigas, uma mesa de tampo circular branca, que ela mesma pintou, e apetrechos que deixavam todos os seus papéis, fotos etc. meticulosamente organizados; no banheiro, havia trocado o armário de espelho por um com aparador elegante de madeira clara, vidros jateados, e luz, muita luz. Eu nunca havia visto banheiro com tanta iluminação. Aliás, havia notado que seu apartamento inteiro tinha sempre todas as lâmpadas acesas, o que ela prontamente me explicou dizendo que gostava de muita luz, que não gostava nem de fechar a cortina para dormir. "Eu gosto de acordar com o sol."

Em cada parede havia pelo menos dois, totalizando oito quadros grandes num apartamento com pouco mais de 40 metros quadrados.

– Seus quadros são muito interessantes, Fernanda.

– Obrigada, gurizinho. Eu não pinto apenas com pincel, mas com meus pés, boca... Faço tudo no chão. É uma pena que a iluminação aqui nesta parede não seja melhor, não dá pra perceber todos os efeitos de luz nos quadros.

– Posso analisar seus quadros?

– Hã... Sim, pode.

– São quadros densos. Camadas sobre camadas de tinta. Dão a impressão de que você tem vários pensamentos conflitantes, vários níveis de consciência. As cores são fortes, as pinceladas revelam certa raiva, agressividade, mas ao mesmo tempo introspecção, buscando certa paz. São quadros realmente emotivos. É como se você estivesse tentando esconder alguma coisa de si mesma, como se estivesse pintando sobre seus segredos, suas fantasias, seus desejos. É muito curioso que seus quadros são, de certa forma, diferentes uns dos outros. Parece até que são de autores diferentes. Bem, claro que eu não te conheço direito e estou só falando o que vejo nos quadros. Desculpa se falei alguma bobagem.

– Nunca ninguém os analisou dessa forma. Na verdade, acho que pouquíssimos me entenderam tão bem. Todos eles têm mesmo segredos escritos por baixo. Pensamentos, frases, fantasias... Minhas coisas mais íntimas estão por debaixo destas telas. Eu geralmente começo com esses escritos e vou pintando por cima. E pinto, pinto, pinto, até não os ver mais.

– Mesmo? Curioso...

– Xingamentos, palavrões, histórias... Muita coisa sobre meu pai.

– Seu pai?

– É.

– Interessante. E você vende seus quadros?

– Já vendi alguns, vendi muito bem. Cheguei a pagar uma viagem pelos vinhedos na Califórnia, com o Brian, só com o dinheiro que recebi.

– Legal! E já fez alguma exposição?

– Já tive um ou outro exposto numa galeria aqui em Nova York, mas é difícil. Tenho alguns amigos no Brasil que são ligados a esse mundo da arte e tal, apostam muito em mim. Um deles disse que daria todo o dinheiro que fosse para eu abrir uma galeria.

– É mesmo? E por que não aceitou?

– Porque teria que viver no Rio de Janeiro ou em São Paulo, e cansei do Brasil. Mas quem sabe um dia...

– Poxa, seria uma bela oportunidade.

– Sim, seria. Mas agora vem, vamos ver um filme.

Ela me puxa pela mão para seu quarto. Extremamente organizado e limpo. Raro ver um quarto tão impecável. Sua cama era dessas com dossel e muitas almofadas, devia ter umas dez de tudo quanto é tipo. Ainda com mais quadros seus, menores e mais intimistas, o ambiente era muito gostoso. Seu jogo de lençóis e cobertas era excepcionalmente confortável.

Colocamos o filme para rodar, mas não chegamos a assistir nem os primeiros minutos.

Seu corpo nu me aquecia naquela noite banhada pela lua.

A região onde moro é bastante silenciosa à noite. Sou apaixonado pelo silêncio, sempre fui. Televisão é coisa que me incomoda, não tenho em casa. Gente berrando, motos, histeria e egos volumosos me torram a paciência. Nunca me esqueço da frase final do último filme de Fellini, *A Voz da Lua*: "Acredito que se houvesse um pouco mais de silêncio, se todos nós fizéssemos só um pouco mais de silêncio, talvez pudéssemos entender alguma coisa."

11

Nova York não para. Nada para Nova York.

A energia do poder, do dinheiro, do intelecto, dá arrepios. O cheiro da metrópole penetra as narinas e a cidade enche os olhos com a arquitetura imponente, os ornamentos, as luzes, as cores, as sombras, os perfis, a sensação de solidez inquebrantável.

Nova York tem uma força que inspira, que eleva, que dá vigor. E que pode te esmagar como uma formiguinha insignificante no meio de tantas outras. Sobreviver intacto em Nova York é impossível, a cidade muda a todos.

Nova York é uma cidade de mistérios. Confissões que ficam contidas pelas paredes dos consultórios psiquiátricos, portas que levam a submundos, submundos que levam a outros submundos. Há muito mais segredos em Nova York do que ratos, e bem mais ratos do que gente.

O metrô leva massas de pessoas por debaixo da terra, os aviões cobrem o céu. As ruas são coalhadas pelo amarelo dos táxis, pessoas de todos os cantos do mundo inundam as calçadas.

Sento-me num banco no Central Park de frente a um lago, na altura da Rua 59. Uma tarde ensolarada, clima mais ameno. Acendo um charuto e paro para ver o mundo girar.

Um carrinho com três bebês é empurrado por uma mulata conversando ao celular numa língua que desconheço. Um executivo passa em seu terno escuro e sua gravata vermelha, sapato preto, andar firme. Um grupo de turistas italianas passa com um mapa na mão, apontando para tudo quanto é lado, tirando fotos, conversando felizes da vida.

A fumaça de meu charuto sobe e se desvanece.

Um casal de homens passeia de mãos dadas com seus cachorros. Um homem os olha com ar de nojo e duas mulheres extremamente elegantes cochicham algo.

Numa bela bola de sorvete uma garotinha com os cabelos dourados se lambuza inteira, enquanto a mãe aflita tenta limpar sua boca com um desses guardanapos vagabundos que só espalham mais a meleca.

E o vento leva a fumaça para bem longe. Quem sabe aonde ela vai parar?

Dois indianos parecem trocar confidências, enquanto um casal de coreanos passa sem se importar com nada. Outro executivo, negro alto, desta vez com uma gravata azul, segue com sua pasta e ares de preocupação. Um cachorro se aproxima de mim todo contente, abanando o rabo, e seu dono vem logo correndo pedindo desculpas. A coisa que mais se pede nesta cidade, depois de drogas, é desculpas.

E meu charuto, quase no fim, esquenta as pontas de meus dedos. A fumaça fica amarga.

O lago à minha frente tenta refletir os prédios em volta, mas uma criança japonesa não para de atirar pedras nos patos. O pai está desesperado com medo da polícia. Ouvi dizer que os patos são patrimônio da cidade, numerados um a um. Valiosos os patos desta cidade. Gordos, bem alimentados, devem dar belos assados.

O charuto queima meus dedos.

12

Ainda não sabia a idade de Fernanda. Por educação, não havia perguntado. Jamais devemos perguntar isso a uma mulher, até porque, depois de certa idade, quase todas começam a mentir.

Num lindo sábado ensolarado, final de abril, levei Fernanda para tomar café da manhã num dos meus lugares favoritos em Nova York, Via Quadronno. O melhor *cappuccino* e *pannini* da cidade. Imperdível também é o raro javali alado no mural dos fundos do restaurante e a intrigante ausência de perspectiva. Obra-prima.

– Guri! Que delícia de lugar! Amei!

Após o ótimo café da manhã, fomos ao Central Park. Sentamos num gramado onde sempre me sento quando volto desse restaurante. Acendo um charuto.

– Você se incomoda com a fumaça?

– De forma alguma, eu adoro! Posso dar uma baforada?

– Mas é claro!

Se eu já não estivesse pensando em me deixar apaixonar – se é que se escolhe esse tipo de coisa –, aquele seria o momento inevitável em que isto iria acontecer. Uma mulher que não somente não se importa com a fumaça do charuto, mas os aprecia?! Uma em um milhão, se tanto.

– Desde quando você fuma charuto, Fernanda?

– Desde um namorado que tive.

– E quem foi esse cara?

– Um jornalista famoso do Rio de Janeiro.

– Jornalista famoso? Quem?

– Ah, guri, não interessa.

Pausamos um momento para observar o dia. Muito sol. Com o frio indo embora, as pessoas começavam a encher o parque de novo, a cidade começava a mudar, ficar mais alegre. Estávamos sentados numa espécie de morrete e diversos casais faziam piquenique deitados em grandes lençóis na grama, liam, ouviam música, davam risada.

Abaixo do nosso morrete, crianças e adultos brincavam num laguinho artificial com barcos de controle remoto. De lanchas até verdadeiras caravelas. Se não me engano esse tal lago já foi cenário para um filme. Bem, qualquer canto de Nova York já deve ter sido cenário de um filme.

Até mesmo uma pequena briga surge ao fundo: aparentemente, o sujeito queria sentar-se para contemplar a paisagem. Sua mulher o ignorou e continuou andando. Ele se irrita e a briga começa. Feia. "Ele tem cara de quem apronta. Conheço o tipo", comenta Fernanda, e volta a falar do jornalista:

– A primeira vez que o vi foi numa festa. Que homem!

– Tá, dispenso os detalhes – ainda estava um tanto traumatizado com os casos que Sylvia me contava.

– Ele era um gênio na cama. Que amante!

– Ei, não quero saber!

– Fumava charutos também, dos melhores.

– Hum...

– Ai, guri, como tu é bobo. Tá com ciúmes?

– Ciúmes? Não.

De fato, eu estava fazendo mais fita do que outra coisa.

– Nossa, isso já faz tanto tempo!

– Quanto tempo?

Ela me olha e ri.

– Gurizinho, quantos anos tu tem?

– Vinte.

– Vinte? Deus do céu, é um bebê!

– Bebê?

– Bem, tu não aparenta a idade que tem, parece bem mais velho.

– Espero que falem o contrário quando eu ficar velho.

– Vão falar, sim. Tu vai ficar um gato com cabelo grisalho.

– Isso se eu ainda tiver cabelo. Meu pediatra dizia que eu ia ficar careca. Morro de medo.

Ela se põe pensativa, me observando:

– Não se preocupe, até lá existirão novas tecnologias.

– Ah! Quer dizer então que eu ficaria feio pra caramba careca?

Ela ri. Eu quase choro.

– Vamos mudar de assunto então, gurizinho.

– Melhor mesmo. Escuta, não acho a coisa mais elegante do mundo, mas já que você perguntou… quantos anos você tem?

– Não interessa! – diz rindo.

– Ei! Você que perguntou primeiro! Eu não ia te perguntar!

– Adivinha quantos anos eu tenho, então.

– Por que vocês, mulheres, sempre fazem isso? Não gosto de adivinhar esse tipo de coisa. Eu sou ótimo em acertar.

– Ah é? E isso é ruim?

– Não me peça pra adivinhar, vai... Já me ferrei por causa disso.

– Quero ver se tu é bom mesmo.

– Você tem... 26.

– Ah, vá!

– Ué, 26.

– Guri, fala sério! Pode falar.

– Tá, então você tem... 27 – não sou nada bobo em chutar mais alto.

– Mais.

– 28.

– Mais...

– Pô, não sei! 30?

– 30? Que horror! Tenho cara de 30?

– Sabia que isso ia acontecer, é sempre assim!

– Eu tenho 29. Vou fazer 30 daqui a 15 dias.

– Seu aniversário está chegando!

– Nem me lembre...

– O que você quer de presente?

– Nada, gurizinho querido... Me beija?

13

A quinzena passou tranquila. Nos víamos quase todos os dias e eu sentia que a intimidade aumentava. Íamos pouco a pouco nos entregando mais e mais.

No entanto, no dia de seu aniversário, ela disse que sairia com algumas amigas e perguntou se eu gostaria de ir junto. Achei melhor deixá-la mais à vontade entre amigas que eu não conhecia e acabei indo para a casa do Bahia. Fiquei completamente bebum, perdi as chaves de casa e fui obrigado a ficar do lado de fora do prédio, esperando alguém chegar da rua para abrir a porta. Tentei escalar a fachada sem sucesso, quase acabo preso.

Estava dormitando encostado num latão de lixo quando Fernanda e Brian aparecem.

– Guri? Quê que tu tá fazendo aqui?

– Esqueci minhas chaves – tentei disfarçar que estava bêbado, não queria que ela percebesse meu estado.

– *Hey* cara! Esqueceu suas chaves? – pergunta Brian com simpatia.

– Pois é.

Minha vizinha abre a porta e seu ex sai na frente. Os americanos têm o horrível hábito de andar na frente das mulheres, uma deselegância, uma falta de bom senso que me dá vontade de dar um tapão na cabeça do indivíduo toda vez que vejo algo assim.

Subo atrás dela, secando aquelas belas costas, aquelas pernas bem torneadas, que vontade de agarrá-la!

Seu ex despede-se de mim e fico no meu apartamento. Ela faz sinal de desculpa com os ombros e sobe as escadas atrás dele.

Vou dormir puto da vida. Achei um tanto esquisito o que ela tinha acabado de fazer, mas eu estava bodeado demais para continuar a tentar decifrar aquele jogo.

Fui acordado na tarde do dia seguinte com batidas na minha porta. Era ela com Bingo na coleira. Rômulo se agita todo e acabo tendo de conversar no corredor.

– Guri, o que te aconteceu ontem à noite? Tu estava superbêbado!

– O que aconteceu comigo!? O que aconteceu com *você*?

– Ué, tu disse que não vinha me encontrar...

– E, bem, então você chamou o Brian?

– Eu só não queria voltar sozinha pra casa, ele insistiu tanto em me ver no meu aniversário que não tive como dizer não.

– Sei... e aí?

– E aí o quê? Aí nada.

– Nada?

– Ele bem que tentou, mas não fizemos nada.

– Difícil acreditar numa coisa dessas.

– Mas é verdade, guri! Nossa, ele não me vê pelada nem coberto de diamantes! Tu tens ciúmes dele?

– Não, nem tenho o direito de ter, mas, sei lá, achei esquisito.

– A gente não tem nada, eu não tenho tesão algum por ele.

– Mas tá na cara que ele tem por você.

– Gurizinho, eu não ia te contar, tô até morrendo de vergonha.

– Contar o quê?

– Depois que o Brian dormiu, fiquei quietinha imaginando que eu descia as escadas, entrava no teu apartamento e dava pra ti. Gozei bem gostoso. Me segurei pra não ir correndo pros teus braços.

Ela era realmente boa para desviar de assunto e apaziguar egos, mas ainda assim a situação me incomodava. Não gosto de ex-namorados. Mulheres não se decidem facilmente, mas raramente voltam atrás em suas decisões. Homens se decidem fácil demais, e quase sempre voltam atrás.

Fernanda quis marcar outro jantar, dessa vez em seu apartamento.

Escolho preparar um belo prato de camarões com risoto de açafrão: não conheço mulher alguma que não goste de camarão e risoto – a não ser as alérgicas e as *kosher* – e certamente ela não seria exceção.

Subi para seu apartamento por volta das sete da noite, conforme o combinado, com todos os ingredientes em mãos, um *Bollinger Brut* e um *Côte d'Or au Lait.*

Bato na porta da minha vizinha. Ela atende de toalha na cabeça, cara de brava:

– Ei, ainda estou me arrumando! Você chegou cedo demais!

– Mas a gente marcou às sete, ué.

– Guri, temos que combinar uma coisa bem séria desde o início, se não, não vai dar certo.

– O quê?

– De forma alguma tu pode bater na minha porta sem me ligar antes, sem me avisar que está vindo.

– Bem, *ok*.

– A gente já é vizinho e isso me incomoda muito; se não for como eu tô te dizendo, não vai dar certo, mesmo.

– Sem problemas, Fernanda. Desculpa.

– Dessa vez, tudo bem, mas não entra no banheiro de jeito nenhum. Não gosto de homem vendo eu me arrumar – ela já havia mudado de expressão e agora parecia tranquila.

Adoro ver uma mulher se arrumando, pena que ela não me deixou observar seu ritual. Tratava-se de uma mestra na arte de se produzir. Sabia usar maquiagem, mudar o cabelo e vestir-se como eu nunca tinha visto. Era impressionante como conseguia transmudar sua aparência.

Me pus a preparar o jantar enquanto ouvia o ruído de água correndo, secador de cabelo, armário abrindo e fechando, potes caindo no chão e sei lá mais o quê. A comida estava quase pronta quando Fernanda aparece.

– Hum, que cheiro bom! Estou morrendo de fome! Vai sair logo a comida?

– É pra já!

Enquanto eu terminava de flambar os camarões e de preparar o risoto, percebo que ela trocava mensagens de texto no celular incessantemente. Não ousei perguntar quem era, mas dava pra sentir que se tratava de homem. O ex-namorado?

Monto os pratos e levo para a mesa. Deve-se sempre deixar tudo na coloração certa, ótimo aroma, temperatura exata, sal no ponto e bela apresentação. O resto é por conta da paixão.

– Uau! Que lindo! Se tu continuar cozinhando assim vou me apaixonar!

– Então pode deixar que até café da manhã eu vou passar a fazer.

O celular toca, mas ela ignora.

– Desculpa, guri, o Brian está tão mal, tadinho.

– Tudo bem, eu entendo. Te perder não deve ser fácil.

Enquanto comíamos, Fernanda demonstrava um notável prazer: suspirava, abria sorrisos, apertava minha coxa e me dava beijinhos de satisfação.

– Ah, guri, tu não sabe, falei com a minha mãe hoje por telefone, devo estar ficando completamente maluca.

– Como assim?

– Porque não sei de onde eu tirei a ideia de que estava fazendo trinta anos: eu fiz vinte e nove! Minha mãe confirmou.

– Jura?

– Acho que fiquei tão perturbada com o terror de fazer trinta anos, que me afobei e quase *pulei* um ano! – ela ri. Eu fiz vinte e nove! Minha mãe quase caiu da cadeira de tanto rir!

– Então você tem 29? Que coisa doida, Fernanda!

– Nossa, foi um alívio quando vi que ainda tenho um ano inteirinho pela frente.

– Bom, acho que isso é possível. Meu pai também errou o dia do meu nascimento quando foi me registrar e de novo quando foi tirar meu RG. Acabei ficando com três datas de nascimento.

– Só eu mesma... – riu. – Agora vem cá com aquele champanhe e aquele chocolate, vem!

14

– Minha avó tem uma fazenda no interior, mais ou menos perto de Porto Alegre, uma fazenda bem grande. Tem de tudo quanto é árvore que dá fruta, Davi, tudo quanto é bicho. A coisa mais linda! Passava todas as minhas férias lá, era tão feliz... Brincava no campo, subia em árvore, andava descalça, ouvia histórias em volta da fogueira... Minha avó sempre fazia muita comida. Sempre tinha chá antes de dormir, biscoito, essas coisas de vó, mas eu ainda era pequena para tomar chimarrão! Era tão gostoso...

– Pelo que você fala, deve ser mesmo um lugar maravilhoso.

– Muito diferente da cidade. Meus pais não me deixavam fazer nada. Não podia andar descalça, não podia brincar na rua, era muito chato. Por isso mesmo eu era superbirrenta, batia o pé, me estrebuchava no chão até que deixassem fazer o que eu queria.

– Mas por que essa proibição toda?

– Ah, minha mãe me protegia demais e meu pai tinha ciúmes de mim. Não podia um guri se aproximar que ele já dava um jeito de chamar minha atenção e tirá-lo de perto.

– Mas isso é normal, não é?

– Na fazenda eu era feliz. Eu podia ser criança. Meu pai nunca ia para a fazenda, minha avó não gostava dele. Meu pai e minha mãe precisaram fugir da família dela para se casar. Acredita nisso?

– Que romântico!

– Muito! Eles fugiram quando tinham 18 anos. O primeiro homem da vida da minha mãe. Meu pai é de uma família pobre, minha mãe de uma família bem rica.

– Imagino o problemão que isso deve ter gerado. Ainda mais para a geração de sua avó.

– Mas acabou que meu pai me deixou uma herança grande. Ele foi um homem muito rico, Davi, ganhou muito dinheiro. A gente mora até hoje numa casa enorme em Porto Alegre. É próxima do rio, num condomínio muito bom, uma linda arquitetura antiga, sabe? Pé-direito alto, janelões amplos... Minha casa é maravilhosa!

– Deve ser muito bonita mesmo. E como seu pai fez a riqueza?

– Ele tinha vários negócios. Até hoje a gente nem sabe direito tudo o que ele tinha. Ele era muito louco. Naquele tempo já usava muitas drogas, bebia muito. Vivia chegando em casa completamente doido, fumava maconha pela casa inteira. Até que um dia minha mãe se encheu, não aguentava mais, e o deixou. Eu vivo com a herança dele, mas gastei quase tudo. Só em compras e em coisas que não deram em nada já foi mais que a metade.

– Eu bem sei o estrago bancário que esta cidade pode fazer. Mas e seu pai, qual é a dele?

– Meu pai era um filho da puta. Depois que fui para São Paulo, nunca mais falei com ele. Até mesmo quando, pouco antes de morrer, ele pediu para me ver, não tive coragem.

– Por quê?

– Quando ele morreu, eu surtei. Tinha ataques de pânico, pesadelos, não sabia o que fazer. Ai, guri, nem gosto de falar... O Brian aguentou poucas e boas comigo. Não consigo nem pegar metrô mais, entro em pânico.

– Você não anda de metrô em Nova York?

– Não. Só de ônibus e táxi. Aliás, andar de ônibus é muito melhor, as pessoas são mais bem vestidas, cheirosas, e sempre fico amiga das velhinhas simpáticas.

– Acho que nunca andei de ônibus aqui. Mas quanto tempo faz que seu pai morreu?

– Um ano e meio, dois... Só agora é que estou começando a ficar tranquila.

– Ele morreu de quê?

– Ataque do coração.

– Poxa, que coisa… Meu pai quase morreu do coração pouco tempo antes de eu vir pra Nova York. Qual o nome de seu pai?

– Não consigo falar o nome do meu pai.

– Como assim, não consegue?

– Não consigo.

– Mesmo? Mas é seu pai!

– Não consigo.

– Bem, *ok*, desculpe. Mas então, você falava da morte dele.

– O que ajudou a acabar com meu pai foi a última namorada dele. Ela era ainda mais drogada, pirada. Tu acredita que quando ele estava morrendo no hospital ela proibiu minha mãe, meu irmão e o resto da família de visitar meu pai? E daí ela o fez assinar um testamento passando toda a grana para ela!? Parece coisa de novela.

– Novela mexicana!

– Nem me fale. Tu não vai acreditar, mas eu juro por Deus que é verdade. Pode perguntar pra minha mãe que ela conta. Ele já estava em coma e minha mãe conseguiu entrar no quarto. A namorada do meu pai estava próxima dele falando algo em seu ouvido quando, de repente, ele acorda do coma e dá um soco nela, pra depois voltar pro coma! Tiveram que segurá-lo para ele não levantar. Juro, guri!

– Caramba!

– Juro por Deus! Pode perguntar pra minha mãe! E essa mulher ainda quer tomar posse das coisas dele! Estamos brigando na justiça, estou para receber uma baita grana.

– Inacreditável. Mas nessas horas sabe-se lá o que se passa na cabeça da pessoa, se é que se passa algo. Mas por que você deixou de falar com seu pai?

– Porque ele era mau comigo.

– Mau?

– Ele fazia coisas horríveis comigo, Davi.

– Fazia o quê?

– Ele tinha inúmeras amantes. Traía minha mãe até com as empregadas. Era um filho da mãe.

– Infelizmente, isso tem de monte por aí. Mas como você sabia disso tudo?

– Bem... Ele me fazia assisti-lo trepando com outras mulheres.

– O quê? Jura?!

– Ele dava um jeito de me fazer vê-lo comendo todas elas. Me colocava sentada num canto, ou fazia barulho para eu ouvir. Fazia questão de gozar gemendo bem alto. Fosse na cozinha, na sala, no meu quarto, ele dava um jeito de me fazer ver ou ouvir.

– E você nisso tudo?

– Eu era muito pequena, isso começou sei lá quando, talvez quando eu era bebê. Eu não podia fazer nada, cresci com isso, fui condicionada. É muito difícil falar nisso, Davi... Um dia eu te conto mais, tá bom?

– *Ok*, tudo bem se não quiser falar mais nada a respeito, não consigo nem imaginar uma coisa dessas. Mas ele nunca te estuprou ou algo do tipo, não?

– Nunca me tocou! Nunca! Deus me livre! Mas eu tive de sair de casa pra fugir dessas coisas. Por isso é que aceitei ir para o Japão tão cedo, escondida de meu pai, e depois fugi com meu primeiro marido. Mesmo assim ele continuou me controlando.

– Controlando?

– Mentalmente. Ele me controlava mentalmente e, de certa forma, continua. Ele me tratava como uma amante. Me levava para almoçar, jantar, como num encontro. Me tratava como uma princesa, desde pequena, dava tudo que eu queria, me enchia de presentes!

– Que esquisito... E as tais amantes dele, nunca acharam estranho trepar na sua frente?

– Ele me dava tudo, Davi, tudo. Sempre tive tudo o que queria.

– Bom, Fernanda, não sei o que dizer.

– Desde então eu criei um problema com os homens na minha vida. Não confio em nenhum. Não consigo mantê-los em minha vida. Brian foi o homem que mais durou pra mim... Eu acabo fazendo de tudo para afastá-los.

– É, dá pra imaginar que você tenha grandes problemas com os homens na sua vida. Não seria à toa.

– Pois é... Mas escuta, guri, vamos nos deitar, já está tarde.

15

Estava começando a transar com Fernanda na manhã seguinte, em seu apartamento, quando ouço o barulho de alguém abrindo a porta:

– Ei, tem alguém entrando! – cochichei.

– Meu Deus! Só pode ser o Brian! Fica quieto e não sai daqui.

Pronto, fudeu. Eu estava ali, pelado, na cama da ex-namorada de um apaixonado, lutador profissional, desesperado para ter sua mulher de volta. Só podia ser num dia desses que eu perderia minhas bolas.

Fernanda, enfurecida, coloca uma camiseta e vai até a porta. Ouço o cara todo feliz:

– *Hey, babe*! Trouxe café pra você! Do jeito que você gosta, *babe*.

– Tu tá maluco? Que pensa que tá fazendo? Tu não pode simplesmente entrar assim no meu apartamento!

– Como assim? Por que você está me tratando desse jeito, *babe*?

– Isso não se faz, Brian! Este é o *meu* apartamento!

– Mas eu achei que a gente tinha combinado.

– Mas não assim, sem avisar!

– Mas *babe*?!

– *Babe* que nada! Tu tá doido!

Escuto o barulho de alguém descendo as escadas, presumi que fosse ele. Fernanda bate a porta e volta para a cama.

– Está tudo bem? – pergunto pra quebrar a tensão.

– O guri tá completamente maluco! Tadinho, veio com um café na mão todo bonitinho pra mim... Que dó!

– Pô, mas isso é um absurdo! Você pegou a chave de volta? Como é que ele tem sua chave?

– Não. Escuta. Acho que tu tem que ir. Eu tenho um monte de coisas pra resolver, e hoje é plena quarta-feira.

– Mas e aí? Esse cara não pode ter sua chave! Agora tô preocupado! Achei que fosse morrer aqui, ia pular pela varanda.

– Ai, guri! O Brian não é desse tipo, não. Vou resolver isso.

"O Brian não é desse tipo, não." Outro dia, para o meu desgosto, havia visto umas fotos do sujeito sem camiseta, posando pra sei lá o quê. Era o Rambo em pessoa. "Tu aperta, aperta e não move nada, é impressionante!", disse Fernanda. Eu teria pulado pela varanda, caído fora, liso, estaria tomando chope na esquina.

Ela só se manifestou na manhã seguinte: "Vamos passear com os cachorros no parque?", dizia a mensagem no celular.

Os dois animais, como de praxe, não paravam de se atritar. Rômulo jogava seus leves vinte e tantos quilos de banha e músculos pra cima daquele trapo velho de dez, se tanto. Bingo era peitado e empurrado pro meio do mato.

– Tira teu cachorro de cima do meu!

– O que é que eu posso fazer? Ele é o alfa.

– Alfa?! Guri, fica quieto, vai, é melhor – diz ela debochando.

Rômulo se agacha para cagar. Eu tinha prática e já lançava um jornal embaixo antes que ele efetivasse o ato. Quando eu não colocava o jornal, a tarefa ficava cruel.

Fernanda passou o resto da semana fazendo seu jogo de ciúmes pra cima de mim. Eu estava de saco cheio daquilo, por mais que parecesse ser apenas um jeito torto de me conquistar – mas funcionou: numa madrugada de paixão, senti como se uma bola estivesse saindo de dentro do meu estômago e travasse em minha garganta. Respirei fundo, tentei fazê-la voltar para onde viera, mas não consegui. Respirei fundo outra vez, mergulhei bem fundo naqueles olhos e deixei sair:

– Te amo.

Ela me olhou por um breve momento, o rosto porejado de suor, abraçou-me:

– Te amo, Davi.

– Namora comigo, Fernanda?

– Namorar?

– É.

– Sério? Andar de mão dada e tudo mais?

– É. Namora comigo?

– Achei que tu nunca ia me pedir! Que coisa mais querida! Do jeito que eu imaginei!

16

Nos quatro anos vivendo em Nova York, Fernanda conhecera vários e bons restaurantes. Era uma *gourmet*, e eu dividia com ela essa paixão. O resultado era que saíamos quase todas as noites para jantar fora. Sempre bem vestidos, pelo simples prazer de bem vestir-se, acabávamos por atrair a atenção das pessoas. Ela adorava, esplendia em sorrisos envolta em seu perfume, um Terre d'Hermès, originalmente feito para homens, mas que se misturava ao cheiro natural de seu corpo numa fragrância pra lá de complexa e sofisticada.

Passamos a dormir juntos todas as noites, ora no meu apartamento, ora no dela. Ela sempre se aconchegava a mim na hora de dormir, chegando a cobrar quando não a abraçava.

Fernanda acordava todos os dias, ainda agarrada a mim, com um imenso sorriso, distribuindo bom dia, brincando com Bingo ou com Rômulo, abrindo todas as cortinas e persianas, me pondo pra fora da cama para que eu preparasse o café.

Eu, que nunca sentia fome pela manhã, tinha de sair correndo para comprar *croissants*, baguete, frutas, sucos e frios. Se ela não tomasse um bom café, rápido, ficava de mau humor. Eu cumpria a tarefa com o maior prazer, com exceção dos dias em que tinha de levar o Bingo para passear. Tinha ódio de catar seu cocô. Certo dia, fui flagrado tratando mal aquela besta, dando-lhe uns leves pontapés e o arrastando gentilmente pela coleira: Fernanda nos viu pela janela do meu apartamento.

– Davi! O que é que tu tem contra o Bingo? Ele não faz nada de mal pra ti! Tu realmente não gosta dele, tô muito triste contigo.

– Ah, Fernanda, claro que eu gosto dele, foi só uma brincadeira.

– É melhor os dois começarem a se dar bem.

Vá lá, nada que o amor de uma mulher daquelas não compensasse o esforço.

Um dia, voltando para casa, enquanto brincávamos de adivinhar sobre quando as flores desabrochariam nos canteiros da rua, uma senhora perguntou se éramos casados. Fernanda ficou toda feliz, mas teve de responder que não.

– Que pena que não são! Vocês fazem um casal lindo.

No entanto, minha vizinha, agora namorada, mostrou-se pensativa naquela noite. Falava pouco, parecia ressentida com algo. Não quis passear comigo junto com o Rômulo alegando estar com dor de cabeça e ficou em minha casa.

Na volta, estava deitada de costas no sofá, quieta. Tiro a coleira do Rômulo, que imediatamente se espatifa no chão, morto de cansaço. Abro uma cerveja, sento-me do lado dela e começo a fazer massagem em seu pescoço. Com a ponta dos dedos, ela toca levemente minha mão para que eu não continuasse.

– Está tudo bem, Fernanda?

– Não me chama de Fernanda, parece que você está bravo comigo.

– Eu vinha mesmo querendo perguntar isso. Tem algum apelido, algo mais carinhoso, como Nanda, Fê?

– Em casa todo mundo me chama de Fê.

– Tudo bem eu te chamar assim?

– Sim, claro que tudo bem.

– Então, Fê, o que se passa?

– Ai guri, é complicado...

– Complicado? O que é complicado?

– Eu sou complicada, guri.

– Você é complicada? – começo a rir.

– Sou.

– Em quê? Pra mim você é perfeita.

– Não sou perfeita, longe disso.

– Ei, Fê, que tá acontecendo?

– Nossa idade... É muita diferença. Não vai dar certo.

– Como assim, não vai dar certo? Você sente alguma coisa atrapalhando?

– Não vai dar, Davi. Não tem como a gente ficar juntos.

Meus olhos marejaram.

– Escuta, eu não vou deixar a gente acabar assim, não mesmo.

– Eu não posso te pedir pra me aguentar.

– Aguentar o quê? Não faz isso com a gente...

– Eu sou louca, Davi.

– Louca? – dou uma risada que deve ter soado estranha, porque vinha misturada ao choro reprimido.

– Louca…

– Mas louca do quê? O quê que os psiquiatras falaram? Esquizofrenia, surto psicótico, depressão profunda, qual é?

Eu falava rindo, sabia que ela estava exagerando.

– Nada disso. Eu sou bem feliz, nunca me deprimi. Mas são outras coisas, guri.

– Sim, mas e aí? O que é que os médicos diagnosticaram?

– Nada, não têm uma definição. Já fui a vários, eles nunca conseguem me enquadrar em nada. Uma vez fui numa que ficou em choque quando contei minhas coisas. Ela não sabia o que dizer.

– Nossa, mas o que é?

– Ah, um monte de coisas… Eu sou... Sei lá... Esquisita. Não é nada sério, jamais faria mal a alguém nem nada assim, não sou caso de internação nem de remédio. Por exemplo, eu fico superbrava, quebro coisas, rasgo camisetas... Nossa, o que o pobre do Brian aguentou de mim!

– Escuta, eu deixo você rasgar minhas camisetas, *ok*?

– Jura?

– Sim, claro.

– Ai, gurizinho, não quero te fazer passar por essas coisas.

– Mas é só nisso que você é louca?

– É, esse tipo de coisa, aquela história do irmão do meu ex-marido... A história do meu pai...

Eu já tinha a experiência de ter convivido com Sylvia, que me aprontava o diabo: bebia e falava que ia chamar um ex-namorado dela para eu vê-lo esporrar na cara dela, inventava que eu estava dando em cima da filha de alguma das amigas, e por aí vai. Conhecidos próximos já foram internados algumas vezes com surtos psicóticos, viciados, cresci tendo em volta amigos psicanalistas e psiquiatras, então conhecia um pouco de loucura – e Fernanda não me parecia nada louca. Podia ter lá seus problemas, mas louca, louca, não.

– Escuta, estou aqui para ter você do jeito que você é, te ajudar no que posso. Vou te ajudar a passar por cima de tudo isso, *ok*?

– Mas não é algo que tu possa ajudar...

– Bem, atrapalhar garanto que não vou. É melhor enfrentar essas coisas juntos do que sozinha.

– Davi, foi tão bom te encontrar, não quero te perder...

– Eu também não quero te perder, Fê.

– Me beija?

Pouco me importava perder uma camiseta ou duas, contanto que tivesse aquela mulher a meu lado.

Tento melhorar um pouco o rumo da conversa, ver se a animo.

– E me diz uma coisa, mudando totalmente de assunto, mas é que eu venho querendo te perguntar isso há tempos: no que você é formada?

– No que eu sou formada?

– Sim, já que estamos falando de você, queria saber que faculdade você fez.

– Quando morava em Porto Alegre me formei em Pedagogia. Como eu amava dar aula... Ajudei muito menino pobre a ler e escrever. Era mágico! Mas eu me importava demais com eles... Não deu certo. Acredita que eu fazia caixinha para comprar meia para eles? Me partia o coração ver os gurizinhos indo para a aula sem meia!

– Aposto que os meninos eram apaixonados por você. Eu seria. Mas você não tinha saído de sua cidade para o Japão aos treze anos e, de lá, foi para a Europa?

– Sim, mas depois eu voltei para completar os estudos. Ai, Davi, era tão difícil ver aquela pobreza toda... Acabou que eu não consegui trabalhar mais com aquilo, me apegava demais. Acabei indo trabalhar num hotel-fazenda só para velhinhos. Eles me adoravam! A gente dançava, dava tanta risada... Uma vez, tarde da noite, um velhinho passou mal, guri, e a gente não teve tempo de fazer nada. Morreu nos meus braços. Foi muito triste, chorei por dias e nunca mais consegui trabalhar com aquilo também.

– Faz parte da vida... E depois, você fez o quê?

– Bom, depois eu passei um bom tempo viajando, morando em tudo quanto é lugar, tudo quanto é país. Morei uns dois anos na Itália, mais um em Paris. Quando finalmente me estabeleci por um tempo em São Paulo, resolvi ter aulas de teatro.

– Teatro?

– Pois é, acabei fazendo um curso profissionalizante de teatro que mudou minha vida. Me fez tão bem, sabe? Mas o curso era difícil. A gente costumava brincar que o primeiro ano era pros curiosos, o segundo ano era para as pessoas que queriam se autoajudar e, daí, essas pessoas não aguentavam e desistiam; no terceiro e no quarto, aí era pesado, difícil e só ficava quem era sério. Nossa, foi um grupo muito especial. A gente era muito unido, as festas eram uma coisa louca! Rolava de tudo.

– De tudo?

– É... O pessoal usava drogas pra caramba, bebia muito. Rolava umas surubas direto. Mas eu nunca participei, ficava com meu gatinho no sofá transando e só olhando o povo se comendo lá. Como era divertido!

– Surubas, é? E por que você nunca se tornou atriz profissional?

– Ah, porque eu trabalhava na agência, estava sempre viajando, não tinha como parar tudo. Eu estava numa fase de muito trabalho como modelo, aí os anos foram passando e eu nunca levei pra frente o trabalho de atriz. Mas eu sou muito boa! Era para eu ser a atriz principal numa minissérie na Globo. Eu faria o papel de uma vilã que brigava com todo mundo, transava com todos os homens, era a megera. Mas meu namorado na época me proibiu de fazer, disse que iria sujar minha imagem, e até me ofereceu pagar o dobro que me ofereciam.

– Devo confessar que em geral não me dou bem com atores. Não gosto deles e eles parecem não gostar de mim. Não sei por que, mas tenho a impressão de que, de alguma maneira, estão sempre atuando. Além de serem profissionais em mentir.

Fernanda me olhou irritada.

– Já ouvi muito dessa bobagem. Tem muita gente que acredita nisso, mas é claro que não é verdade. Esperava mais de ti.

– Bom, me parece que você é exceção! E você não é uma atriz, afinal.

– Deixa pra lá, não vou nem comentar nada. Muda de assunto, vai.

– Conta mais histórias.

– Nossa, guri, eu já vi cada coisa nessa vida... Uma vez, quando eu estava no Egito, fui pra uma balada, na área VIP. Um sujeito gordo veio pra mim e falou algo do tipo "Eu quero que você venha comigo para sempre".

– Uau! Como assim? O que você fazia no Egito? Fotos?

– É, fotos, fui pela agência. Ele queria me levar pro harém dele, sei lá. Eu disse que não, claro, achei esquisito o clima. Mas ele me ameaçou: "Se você vier comigo, eu te dou o que quiser, mas se não vier...". Fiquei com tanto medo, Davi! Minhas pernas tremiam! Achei que fossem me raptar e pronto, acabou-se. Dei um jeito de sair de lá correndo. Nesse mundo de modelo a gente vive cada coisa, cada proposta...

– Dá pra imaginar os tipos de proposta.

– Cada uma pior do que a outra. O que mais tem é gente que vem e oferece dinheiro ou joia. Os homens ficam malucos! É uma coisa horrível, gente horrível, muita droga... Por isso que parei com tudo.

– Minha madrinha é ativista defensora dos direitos da mulher, e um dos grandes trabalhos dela é sobre o tráfico internacional de mulheres. Sabia que o Brasil é o país com maior número de mulheres que acabam na escravidão sexual?

– Não consigo nem pensar numa coisa dessas.

– Os gringos chegam no Brasil, oferecem emprego, comida, roupa lavada, e elas topam. Isso quando não é a própria família, ou cafetinagem mesmo. Alemanha, Suécia, Espanha, Estados Unidos... Quando as meninas chegam, confiscam o passaporte delas, tomam todo seu dinheiro e, com isso, elas viram escravas sexuais.

– Acho que o dia em que eu aceitasse uma proposta daquelas que recebia eu morreria por dentro, seria o meu fim. E o que tem de modelo, atriz, gente famosa que faz programa... Quando tu trabalha de modelo fica sabendo de tudo, de todas as fofocas. Se falasse pra ti quem é que está numa novela, quem aparece na TV que é modelo e faz programa, tu não ia acreditar.

– Pois é... Como pode alguém vender o corpo pra um estranho por causa de uma grana a mais? Imagino que uma mulher como você deve chegar uma hora que quer mandar tudo à merda nesse mundinho nojento de modelo. Não sei como você aguentou tanto tempo.

– É uma vida muito divertida quando você é jovem, cheia de festas, badalação... Mas chegou mesmo uma hora que cansei.

– Ei, sabia que eu te amo?

– Te amo também, gurizinho. Obrigada por me entender tão bem e ficar do meu lado.

– Não se preocupa que vai ficar tudo bem com a gente, *ok*?

17

Fiquei sabendo por minha mãe que um primo próximo da família viria passar um tempo em Nova York a trabalho. Reatei o contato com ele e ofereci ajuda no que precisasse.

Uma amiga de Fernanda de São Paulo também estava vindo para Nova York passear e viajar com minha namorada. As duas pretendiam ir a Las Vegas, onde iriam encontrar uma outra amiga. Não gostei da ideia nem um pouco.

Fernanda pediu desculpas, argumentando que as reservas foram feitas antes mesmo de me conhecer e que todo ano as três faziam a mesma viagem.

– Guri, a gente só vai passear. Agora não tem mais como desmarcar. Eu te amo, jamais faria nada pra te magoar.

Resolvi apertar o botão do "foda-se". Vá lá. O que os olhos não veem o coração não sente, não é mesmo?

Ditado de merda, coisa de cretino.

Pois bem, meu primo combinou de ficar em meu apartamento assim que acabassem os dias pagos numa pensão no Harlem. Otávio devia ter se hospedado na casa de um amigo que, segundo ele, sumira do mapa, "não atende o telefone nem nada. Simplesmente evaporou".

Achei a história um pouco esquisita, mas não me importei em saber detalhes.

Não via Otávio havia anos e foi bom reencontrá-lo. Nos demos muito bem. Ele trazia diversas histórias do Brasil, era um bom contador de histórias, e eu aprecio um bom contador de histórias. Como bem já não dizia Fernando Pessoa, ou melhor, Ricardo Reis, somos pontos contando contos.

Boatos de que ele era *gay* o circundavam. Dizia-se que ele havia saído recentemente do armário, o que teria causado uma enorme briga em sua família de fazendeiros de Goiás. Isso o teria feito vir aos Estados Unidos a fim de deixar a situação esfriar.

Eu tinha curiosidade em saber se era verdade ou não, embora efetivamente isso pouco me importasse. Comentei com Fernanda, e ela se disse uma especialista em saber quem é *gay* ou não. "Cresci entre *gays* de tudo quanto é tipo", completou com certo orgulho.

Na manhã seguinte à do meu primo ter se estabelecido em casa, fomos os três caminhar pelo Central Park. Fazia um sol gostoso e a temperatura, agora no comecinho da primavera, era mais amena.

Começamos a conversar sobre namoro, relações, casos, quando Fernanda pergunta pra mim se eu já havia traído. Bela pergunta para um passeio no parque num dia como aquele!

– Não sei dizer exatamente, pois quando isso acontece termino o namoro imediatamente. Difícil responder se eu traio ou não. Tô mais propenso a dizer que nunca traí.

– Mas tu ficou comigo enquanto namorava a Jovana.

– Mas ela não era minha namorada.

– Eu já traí e fui traído. Não sou muito chegado em namorar, não. No fundo, todo mundo é sacana – emendou meu primo.

– Eu já traí – Fernanda comenta. – Uma vez, tive um namorado que queria porque queria me ver transando com outro cara. Eu nunca quis, mas ele insistiu, insistiu tanto, tanto, que um dia chamei um gatinho modelo pra minha casa, na mesma noite em que meu namorado iria aparecer. Quando ele chegou, eu estava com o outro guri na cama.

– Putz, e aí? – perguntei

– Bom, daí meu namorado não gostou nem um pouco. Ficou puto, putíssimo da vida. Terminei o namoro ali mesmo, expulsei o besta de casa.

– E o outro cara? – quis saber meu primo.

– Ah, ficamos juntos por mais um tempinho. Mas não deu em nada.

– Mas esse seu namorado, hein?, que mané! Pediu pra ser traído. As pessoas confundem ter uma fantasia e realizá-la. São coisas completamente diferentes – observei.

– Pois é... Essa minha amiga que está vindo para cá, ah, essa trai sem dó. Nunca vi igual. O namorado dela fica maluco, eles vivem brigando. Os dois se traem direto.

– Mas quem consegue viver assim? – pergunta Otávio.

– Eles vivem assim há anos! A coisa vai e volta, mas um não fica longe do outro. O que ela tem de inventar de mentira... Sempre fala que está indo visitar a família em Pirenópolis, mas na verdade vai pra outra cidade com outro cara. Isso quando não fica em São Paulo mesmo.

– Pô, mas o cara também é um burrão. Ele não pega o número do voo, não liga pra ela nem nada? – indaguei.

– Uma vez ela deu o número do meu celular, falando que ia passar o fim de semana comigo. Eu atendia e dizia que ela estava no banheiro, que estava dormindo. Foi um fim de semana muito doido. Ela é ótima nisso!

– E você se orgulha por sua amiga ser tão boa em mentir assim? – disse eu incomodado.

– Ah, guri, é o jeito dela.

– Pô, mas você diz isso com um baita orgulho. Será que você também não mente? Só aviso que eu não sou nada bobo, sempre acabo descobrindo tudo.

– Guri, tu realmente é um diabinho. Tem essa cara de anjinho, mas a cabeça não para de trabalhar. Não preciso nem acabar a frase e tu já sabe o que estou pensando. Acho que contigo vai ser bem difícil mentir, vou ter que ser muito boa!

– O quê? Tá maluca? Espero que você nunca precise mentir pra mim!

A noite cai e Fê resolve dormir em casa, sem se importar com meu primo. "Ele só pode ser *gay* mesmo, porque não deu a mínima quando passei de camisola na frente dele", cochicha em meu ouvido.

– Mas e se ele não for?

– Ah, isso é o que veremos. E se não for, o que é que tem?

Meu primo dormia enquanto eu tapava a boca de Fernanda abafando seus gemidos.

18

– É mesmo? Você gosta tanto de mulher assim?

– Gosto. Acho um tesão. Acho uma delícia pele contra pele, o cheiro, a sensação... Não tem nada igual do que beijar uma mulher na boca. Nesse sentido eu gosto. Adoro que me chupem, que me façam gozar, mas eu mesma não faço nada em troca. Deixo elas fazerem o que quiserem comigo.

– Que delícia! E essa sua amiga vai te comer enquanto estiver aqui?

– Ela vai tentar, sim...

– Bom, pra ela você pode dar o quanto quiser. Não tenho ciúmes de outra mulher.

A tal amiga chega dois dias depois:

– Oi, Davi, tudo bom?

– Tudo bom, Silvana! A Fernanda fala muito de você.

– Ah! Ela também é doida por você!

– Eu é que sou louco por ela.

Fernanda abre um grande sorriso ao ouvir essas palavras, ainda à porta do meu apartamento. Entramos. Meu primo deixa seu *laptop* de lado e se aproxima:

– Ah, este aqui é o Otávio, primo do Davi.

Meu primo dá dois beijinhos nas bochechas da amiga, morena bem alta, cabelo encaracolado, bunduda. Não tinha um rosto muito atraente, mas tinha uma baita cara de safada. Diria que sua aparência era um tanto vulgar, mas parecia ser boa gente. Ela estava metida num *jeans* branco bem agarrado que deixava à mostra a calcinha fio dental, também branca. Tentei não olhar muito, mas não há homem que resista a uma delícia daquelas.

– Vamos preparar um chimarrão? – Fernanda propôs. – O Davi nunca tomou!

– Nunca? Vamos ver se ele é homem de verdade.

– Guri, é mesmo! Não pode fazer cara feia com o amargo, que é coisa de viado!

– E não pode falar que a bomba está quente – avisa Silvana.

– Pode deixar que eu passo no teste.

O mate estava bem amargo e quase queimei meu beiço. Me segurei pra não fazer cara feia.

– Olha lá, primo, não vai me fazer cara feia, hein?

– Gosta de chimarrão também, Otávio? – Silvana pergunta.

– Eu gosto de tomar, sim.

Meu primo também não fez cara feia. Porém, apesar de Silvana insinuar-se nitidamente para ele durante toda a noite, Otávio olhava para aquela bunda do mesmo jeito que olhava para uma tomada de eletricidade.

19

Fernanda me liga no meio da madrugada:

– Meu amor, tu não vai acreditar.

– Por que você tá falando tão baixo?

– A Silvana está num quarto com um homem e minha outra amiga numa salinha, em frente da minha cama, transando com outro.

– Pô, já na primeira noite de Vegas? Nada de se meter no meio!

– Não estou fazendo nada, bobão. Tô aqui sozinha te ligando.

O argumento fazia sentido.

– E como está a trepada?

– Não dá pra ver direito, está escuro, mas estou ouvindo. Parece boa.

– E você não vai bater uma siririca bem gostosa?

– Acha que eu estou fazendo o quê?

O erotismo deu asas à minha imaginação, mas a história começou mal. Ela de fato me ligou, mas isso não queria dizer muita coisa. Obviamente, não me sentia seguro.

O clima em Nova York esquentava em todos os sentidos. Mais pessoas nas ruas, mais compras, mais bebedeiras, mais drogas, mais corridas de táxi, matinês esgotadas, o barulho marcante do salto alto, mais lixo nas calçadas.

A fim de comer algo, me dirigia para Downtown com meu primo. O táxi cortava a Times Square que nem uma flecha amarela. Alguns taxistas me assustam. Certa vez peguei um nigeriano que disse que se a mulher dele faltasse com o respeito, cortaria a garganta dela com um facão. E, pelo tom, imagino que não só seria capaz de cortar a garganta da mulher como já tinha cortado outras gargantas.

Depois do almoço, ainda sem notícias de Fernanda, voltamos para meu apartamento de metrô – sujo, lotado, sufocante.

Uns quinze minutos depois, ela liga. Falava de um local com muita reverberação.

– Você está num banheiro?

– Estou, como é que tu sabe? Me tranquei no banheiro pra falar contigo.

– Eu trabalho com som, Fê. Quem tá aí que você não pode falar do quarto?

– As meninas tão fazendo um superbarulho, então me tranquei aqui.

– Pô, tão escondendo homem no quarto?

– Meu amor, não é nada disso! Estão só as meninas, que, nossa! Tu não sabe. Ontem tomaram um monte de ecstasy e me comeram de tudo quanto foi jeito! Uma até trouxe os brinquedinhos dela.

– É mesmo, é?

– Super, me comeram até não poder mais.

– E qual é o programa de vocês pra hoje?

– Vamos sair com alguns amigos para uma balada.

– Amigos?

– São uns caras que a gente conheceu ontem num restaurante, elas ficaram com dois deles. As meninas estavam malucas, fumamos um monte!

– Sei. E que caras são esses?

– Um deles é um gordinho meio traficante, o outro é super-rico, dono de uma vinícola, e o outro...

– Como é que é? Um cara é *meio* traficante?

– Ai guri, deixa de ser bobo, eles são superlegais, fizeram de tudo pra gente!

– Você tá me tirando, né?

– Ai, guri, eles são supergente fina, nada a ver. Eles deram pra gente um monte de ecstasy e maconha. Mas estou só fumando, eu não tomo mais ecstasy.

– Porra, você quer que eu fique feliz com tudo isso?

– Não faz assim... Eu tô só me divertindo.

– Como assim, não faz assim? Que palhaçada é essa?

Ela então começa a chorar.

– Me desculpa, meu amor! Eu não devia ter vindo. Me desculpa!

– Porra, eu não quero saber de nada do que acontece aí!

– Desculpa, Davi! – chorava ainda mais. – Eu já tinha marcado essa viagem, não tinha como desmarcar, elas insistiram tanto! Me desculpa, meu amor! Pra quê eu fiz isso? Pra quê é que eu fui fazer isso?

– Escuta, não quero saber de nada, *ok*? Só não me conta.

– Me perdoa.

Ela demorou um bocado para parar de chorar, acabamos por ficar mais uma meia hora trocando juras de amor.

Na manhã seguinte, enviei uma mensagem para ela, sem resposta. Imaginei que estivesse dormindo.

Mais para o começo da tarde, ainda sem notícias, começo a ficar bravo de novo. Tento ligar, ela não atende. Mando outra mensagem, sem resposta. Meu sangue começa a ferver.

Já pensava em acabar o namoro quando ela me liga:

– Gurizinho! Desculpa! A gente ficou até tarde fora, acabamos de acordar e agora estamos indo para um SPA. O massagista é um gato!

– O quê? Isso é brincadeira, né?

– Ontem foi demais, a gente foi numa baita balada com nossos amigos e eles foram o máximo! Deram de tudo pra gente! A gente tava tomando um champanhe maravilhoso, quando um deles falou pra gente subir para a cobertura. Daí, ele disse para eu olhar pra cima que tinha uma surpresa pra mim. Teve a maior queima de fogos! Eu fiquei muito emocionada, tu sabe como eu me emociono com fogos.

– Nossa, que coisa mais linda, mais emocionante – disse num tom evidentemente sarcástico.

– Guri, eu tenho que te contar uma coisa.

– Conta – já me preparava para a bomba.

– Um dos caras se apaixonou loucamente por mim.

– Hum.

– Ele que encomendou os fogos pra mim, superquerido, um amor!

– E aí, ficou com ele?

– Não, imagina! Mas eu dei um abraço nele, sabe, um abraço de amigo, um abraço forte.

Imaginei o sujeito de pau duro dando aquele abraço de amigo. Não tinha vontade nem de continuar conversando.

– Fala alguma coisa, Davi.

– Falar? Falar o quê? Esse babaca aí quer te comer!

– Ele não é babaca!

– Ah, você ainda defende o cara! O que esse cara é? Uma porra dum príncipe?

– Não, mas quase isso. Desculpa, guri, eu não fiz nada pra ele se apaixonar por mim... Aconteceu. Eu falei que tinha namorado, mas ele disse que ia fazer de tudo pra me tirar de ti. Mas eu te amo, Davi.

Terminei com Fernanda assim que ela voltou de Las Vegas.

Fizemos as pazes em minha cama cinco minutos depois.

20

No sábado seguinte levei meu primo para conhecer o Soho, enquanto as duas amigas faziam compras – era o último fim de semana de Silvana em Nova York. Otávio também partiria dentro de alguns dias para uma temporada na casa de uns amigos em Detroit, o que me parecia uma aventura: seu dinheiro minguava e ele estava disposto a encarar o trabalho de pedreiro que lhe ofereciam.

Combinamos de jantarmos os quatro no mesmo lugar do meu primeiro encontro com Fernanda, perto de casa.

Lá pelas tantas, sol forte banhando os transeuntes, esquentando o asfalto e as turistas suecas, sedentos por algum álcool, entrei com meu primo num bar por acaso brasileiro, chamado Bossa ou algo do tipo. No menu constavam caipirinhas e alguns quitutes da santa terra. Pedi uma caipirinha de vodca, Otávio, cerveja.

– Acho que nunca tomei uma caipirinha tão ruim na minha vida. Tem gás aqui – comento discretamente com Otávio.

– Pô, primo, você esperava o quê?

– Tudo menos uma caipirinha gasosa! E você trate de beber alguma coisa mais forte. Desse jeito eu vou ficar bêbado três vezes mais rápido.

– Já já eu peço.

O bar estava lotado. Poucas mulheres bonitas, com exceção de um grupo com uma bela loira num canto. Começo a observá-las. Tento notar se meu primo olha para os homens ou para as mulheres. Me parecia alheio a qualquer coisa.

Pedimos uma segunda rodada de bebidas. Eu peço uma vodca com gelo, ele um mojito. Rapidamente passamos para a terceira rodada e começo a sentir a bebida.

– Primo, tá vendo aquelas loiras ali?

– Tô.

– Uma delas é uma baita duma gostosa, hein?

– Sim, sim.

Dou um belo gole em minha vodca. Olho bem para ele, que nem sequer moveu a cabeça em direção à loira para me responder. Sinto o sorrateiro vapor do álcool movendo minha língua:

– Otávio, você não gosta muito disso aí, né?

– Disso aí o quê?

– Mulher – aponto com o queixo para o grupo de loiras. – Você não gosta muito de mulher, gosta?

– Como assim primo, que papo é esse?

– Estou só perguntando. Se você gosta, é só falar: eu gosto de buceta.

– Que isso, primo! Quem colocou essas ideias na tua cabeça? Que absurdo! Foi aquela amiga da Fernanda?

– Ô, primão! É só falar: eu gosto de bu-ce-ta!

– Não acredito nisso! Que absurdo! Só porque eu não quis nada com ela, fica falando isso! Aquela baranga!

– Bom, você nem olhou direito pra ela! Então elas comentaram que você só podia ser *gay*.

– Pôxa, primo! Tô puto!

– Bom, primo, estou só perguntando, quero que você se sinta à vontade. Relaxa, eu sou tranquilo com essas coisas. Jamais te julgaria ou te trataria diferente, só queria saber mesmo.

– Eu sempre tive namoradas, tá bem? Precisava ver a mulher linda que eu namorava em Brasília antes de vir aqui pros Estados Unidos. Não acredito que aquelas duas falaram isso pelas minhas costas!

– Pô, primo, era uma baita gostosa.

– Só porque não é meu tipo de mulher!

– Ô, primão, que isso, cara? Então tá, ela errou, pronto. Não precisa ficar bravo. É só falar que você gosta de buceta e está tudo certo!

– Não vou jantar com alguém que acha isso de mim! Nunca mais quero falar com ela! Onde já se viu?

Não insisti. Acertamos a conta, pegamos um táxi, deixei-o de cara amarrada em casa.

Foi legal ter Otávio por perto naqueles dias. Estivemos em boas festas no Brooklyn e, ao final de sua estada, fizemos um churrasco de lagostas na varanda de Fernanda, que insistiu para que eu emprestasse algum dinheiro a ele, "tu tem de ajudar o rapaz, ele é da tua família!".

Ela era generosa. Certa vez deu um par de Manolo para a faxineira que dizia nunca ter tido um par de sapatos de salto alto.

Silvana também se despediu:

– A Fernanda gosta muito de você, Davi. Nunca a vi assim com nenhum outro homem. Cuida bem dela, viu? Ela precisa de muito carinho e cuidado.

21

Sempre tensa, Fernanda sofria dores crônicas nas costas. Ao que parece, Benedito, que a via toda semana, era apenas um alívio imediato, pois ela ficava deitada, imóvel, em cima de uma bolsa de água quente por horas, quase todo dia. Ao final da sessão, suas costas estavam vermelhas. Era tratar dor com dor.

Tentando ajudá-la, passei a fazer massagens sempre que estávamos juntos. Massageava seu pescoço, seus ombros, seus pés, gostava de sentir que estava melhorando seu bem-estar com as minhas próprias mãos.

Fê havia comprado uma mesa de massagem para o Benedito havia dois ou três anos, então propus armar a mesa em meu apartamento. Ela gostou da ideia.

– Guri, como tu é bom! Tu podia trabalhar com isso, dá um bom dinheiro. Desse jeito nem vou mais precisar do Benedito.

– Trabalhar com isso? Seria uma boa, mas não gosto de massagear homem, bicho peludo, suado, fedorento. Se eu fosse trabalhar, seria só com mulheres.

– Hum... Pensando bem, as mulheres iam ficar doidas por ti. Péssima ideia!

– Péssima? Eu tô achando muito interessante.

– Guri, nada de fazer massagem em mulher nenhuma! Eu te mato!

– Que isso, é tudo profissional!

– Ah sim, muito profissional tu pelado roçando esse pau duro nas minhas costas.

– Eu faço massagem, mas espero um pagamento de acordo.

– Guri, você não cansa, não? Nunca vi.

Não respondi, parei de fazer massagem.

– Nossa, é toda hora. E não é que tu goza rápido; tu vai e vai.

– Bom, desculpa se eu tenho tesão por você e quero continuar trepando.

– Ah, eu gosto é de homem que goza bem rápido e dá várias trepadas.

– Eu só não gozo rápido, mas gosto de trepar muito.

– Ai, Davi, mas é demais! Sabe de uma coisa? Essa é a diferença entre um homem e um menino. Homem que é homem não faz isso. E tu é um menino.

– Você tá querendo dizer que eu sou um menino porque tenho uma baita duma mulher linda e gostosa e quero trepar o tempo inteiro? Espero ser sempre um moleque, então!

Havia notado que Fernanda oscilava muito em suas vontades. Ela chegara a me dizer "tem dias que eu quero trepar muito, muito mesmo, e outros que não, por vezes passo semanas sem querer que me toquem", mas não levei muito a sério, pensei que comigo seria diferente. Agora eu começava a perceber que talvez não fosse o caso.

– Bom, *ok*, Fernanda, acho que por hoje é só massagem.

– Ai, guri, deixa de ser... Vem cá.

– Não, Fê.

– Ai, seu bobo, vem cá com esse pau gostoso, vem.

Transamos ali mesmo, na mesa de massagem.

– Quanta porra! – Fê exclama, havia gozado em seus peitos.

– Estava segurando porque hoje de manhã não rolou nada.

– Não começa, hein? Vou tomar um banho.

Fernanda não conseguia ficar um minuto com gozo em seu corpo, e sempre se levantava para se limpar ou tomar banho, isso quando já não deixava de antemão uma toalha ou rolo de papel-toalha por perto.

– Posso ir com você nesse banho?

– Ainda não... Você sabe que eu gosto de tomar banho sozinha, só tomo sozinha.

– Engraçado, Fê, a gente nunca tomou banho juntos.

– Eu sei, é que sou assim. Desculpa, guri, sou estranha em muitas coisas.

– Vou tomar banho com você um dia?

– Um dia, sim. Quando eu estiver muito apaixonada, eu deixo.

22

Acordo no meio da noite com o movimento de Fernanda na cama. Ela me olhava com ansiedade e embaraço. Sinto um molhado no colchão e me lembro imediatamente da sensação de despertar mijado quando pequeno.

– Desculpa.

– Está tudo bem, Fê.

Não tentei entender nada, agi automaticamente. Desço as escadas, seguido de Fernanda, pego uma toalha no banheiro, tiro os lençóis da cama, jogo a toalha em cima e começo a secar a urina.

Fernanda se encolhia no canto do sofá abraçando uma almofada, me olhando como criança que fez algo errado.

– Desculpa... Eu tenho isso. Toda vez que começo a amar acontece, é sempre assim...

– Não tem problema, Fê, deixa quieto.

– Não consigo achar explicação, ninguém consegue.

Com o colchão menos úmido, coloco uma camada de toalhas, estendo um lençol por cima, chamo Fernanda e tratamos de voltar a dormir. Eram umas quatro da manhã.

Naquela tarde, fomos assistir a uma palestra de Oliver Sacks numa igreja no East Harlem. Ele iria falar sobre mente e música, tema de seu último livro, mas, para nossa surpresa, mudaram o programa que agora era antecedido de duas horas de gospel, pregação histérica, teologia delirante. Saímos no meio da cerimônia e acabei não vendo um cientista como aquele falando de algo que me interessava muito. Como tínhamos reserva num restaurante francês no Upper East Side, decidimos matar o tempo no Jardim do Conservatório do Central Park.

Sentados num banco, em meio às flores, fim de tarde, leve garoa, conversávamos sobre o acontecido na noite passada. Tentei levantar algumas hipóteses, porém parecia estar longe do cerne da questão. Visivelmente constrangida, contou que fazia a mesma coisa desde seu primeiro namorado e toda vez queria morrer de tanta vergonha. Mas a sequência me espantou:

– Meu pai me fazia vê-lo fazer xixi, acho que desde que eu era bebê. Nunca encostou em mim, nunca nem tocou em mim! Deus me livre! Mas tinha dessas coisas. Às vezes, à noite, enquanto minha mãe dormia, ele ia ao meu quarto e se deitava ao meu lado.

Sua confissão me provoca imagens de medo e horror. Imaginei nitidamente aquelas cenas, o olhar daquela criança. No entanto, minha indignação tomou outro rumo:

– E sua mãe nisso tudo?

Lentamente, ela se volta para mim:

– Ela nunca soube.

– Ou nunca quis saber.

– Pode ser. Depois que eles se separaram e eu deixei de falar com meu pai, contei tudo para ela. Ela ficou perplexa, se sente muito culpada por ter deixado aquilo acontecer.

– Bom, mas também não era culpa dela, seu pai era doente.

– Sim, mas ela sente que poderia ter evitado tudo isso.

– Ele abusava do seu irmão?

– Não, que eu saiba, não.

– Fê, e sua cabeça nessa história toda, você superou isso tudo?

– Eu vou desde pequena a psicanalistas, psiquiatras, tudo que tu possa imaginar, mas não adianta. Eu até que melhorei muito, mas nunca vou apagar isso da memória. Meus pais me mandaram para análise quando eu comecei a ficar extremamente agressiva, especialmente com os guris na escola.

Tornava-se óbvio que, sozinho, eu não poderia ajudá-la. Sugeri que fosse a um psiquiatra, ela aceitou sem pestanejar. Gostei do gesto. Algumas pessoas tentam fugir de seus fantasmas, ela parecia enfrentá-los.

23

Uma curiosidade que Fernanda já havia manifestado voltou à tona: minhas fotos.

Quando menino, eu não gostava de sair em fotos e sempre me escondia na hora em que alguém ia tirá-las. Quando cresci, aprendi a beleza de poder olhar para o passado, mesmo que este queira ser esquecido.

Hesitei um bocado em deixá-la ver meus álbuns no computador, pois sabia que devia conter algumas fotos de Sylvia em posições um tanto comprometedoras. Relutei, tentei inventar alguma desculpa, mas não consegui conter a fera. O argumento final foi imbatível: "Se tu me ama e se importa comigo, se não tem nada a esconder, me mostra as fotos".

A sessão começa:

– Quem é este?

– Meu amigo Botelho. Grande vagal! Estuda para ser médico, mas eu jurei que ele não encosta um dedo sequer em mim, nem morto.

– Gatinho. E quem é esse?

– Paulo Kantz, aquele que quer ser chamado de Magalhães. Certa vez passamos com uns amigos bebendo durante 24 horas num boteco na Vila Madalena.

– É um que quando tu conversa no telefone parece que tu vira moleque de novo? Não gosto dele. E quem é essa?

– Carol, amigona.

– Sei. Já transou com ela?

– Não. – Mentira, diversas vezes.

– Acho bom mesmo. Ei! Olha seus pais aqui! Eles são um amor!

– E como! Este aqui do lado é o falecido Leon. Estes são os pais dele, esta é a cozinheira Gertrudes, estes são outros amigos meus e da minha família.

– Que coisa querida! E esse quem é?

– Meu amigo Nelson. Grande camarada, vai ser um dos melhores advogados que o Brasil já viu.

O primeiro álbum acaba. Respiro aliviado. O segundo são fotos do Rômulo quando filhote. Fernanda se derrete toda.

Então, surge Sylvia. Somente o rosto.

– E esta, esta é a sua ex?

– É.

– Feia, um horror.

– Pois é, horrível – jamais ir contra numa hora dessas.

– Velha baranga.

Próxima foto: eu e minha ex na praia.

– Tu viajou com ela pra praia, foi? Como é que tu aguentou?

– Não faço a menor ideia – sempre evitar conflitos numa hora dessas.

– E essa aqui quem é?

– Amiga dela.

Então, a temida sequência de fotos começa.

Primeira foto, ela está de costas, nua, jogada na cama de bundão pra cima. Segunda foto, a câmera se aproxima e pega a xavasca bem de perto. Fernanda franze o cenho, vislumbro a explosão.

Um pequeno vídeo de Sylvia pelada andando pelo meu apartamento. Fernanda começa a tremer de raiva.

E quando aparece uma foto da barriga de Sylvia coberta de minha porra:

– O QUE É ISSO?

– Eu disse pra você não ver.

– NÃO ACREDITO QUE TU TENS ESSA FOTO GUARDADA!

– Não sabia que estava aí – realmente, não me lembrava.

– NÃO SABIA!? ENTÃO APAGA! APAGA AGORA!

– Sem problemas.

– NÃO ACREDITO QUE TU FICA SE MASTURBANDO PRA ESSAS FOTOS!

– Mas eu não fico! Tá maluca? Nem me lembrava!

– VAI À MERDA!

Ela se levanta e sai do apartamento batendo a porta. Deleto as fotos, já não me interessava vê-las e não queria conflitos. Dois minutos depois, Fê volta – eu sabia que iria voltar.

– Deixa eu ver se tem mais!

– Primeiro, fique calma. Segundo, ninguém vai ver mais nada aqui.

– O quê? Vou sim! Sai da frente, deixa eu ver!

– Escuta, as fotos são minhas, o computador é meu.

– NÃO APAGOU, NÃO É?

– Apaguei, sim.

– ENTÃO PROVA! DEIXA EU VER!

– Não. Chega!

– Se não quer me mostrar é porque não apagou, CRETINO.

– Não preciso provar nada, já apaguei. E chega! Já foi o suficiente.

– QUERO VER SE TU APAGOU MESMO.

– Quer saber, então deixa eu ver as *tuas* fotos!

– Não.

–Ué, se você já viu as minhas, é justo que eu veja as tuas, não é?

– E daí? Não vai ver nada. Saia daí! Deixa eu ver se tu apagou mesmo!

– Só se você deixar eu ver as suas.

– NÃO VAI VER NADA MEU!

– Você é uma baita duma hipócrita, sabia? Faz tudo o que quer, mas na hora em que vão fazer igual com você, não deixa!

– Eu sou uma o quê?

– Hipócrita.

– SEU DESGRAÇADO, ME CHAMANDO DE FILHA DA PUTA?

Ela solta um grito alto e estridente enquanto puxa os cabelos para o lado. Eu fiquei de olho arregalado.

– DESGRAÇADO!

Eu estava justamente usando uma camiseta que Botelho havia me dado com o desenho de uma vaca amarela de patins, mugindo, que ele mesmo desenhou. Adorava aquela camiseta.

– Ei, se acalma, não foi nada.

– NÃO FOI NADA? TU ACHA QUE PODE ME ACUSAR ASSIM, DESGRAÇADO?

– Bom, mas você está sendo hipócrita! Só isso.

Vejo seus punhos vindo na direção de minha camiseta. Ela me segura pela gola, bufando de raiva, com os olhos vermelhos, só faltava sair espuma pelo canto da boca.

– ESCUTA AQUI, SEU FILHO DA MÃE.

Tudo acontece muito rápido, lá se foi a camiseta rasgada em duas.

– Ei! Adorava essa camiseta! Coitada da vaquinha!

Fernanda se acalma imediatamente. Ofegante, olha para o que acabou de fazer.

– Eu te compro outra.

– Não tem outra igual. Meu amigo fez quando era pequeno.

– Desculpa.

Ando em direção ao *closet* para trocar de camiseta.

– AONDE ESTÁ INDO?

– Trocar de camiseta, caralho.

– EU QUERO VER AS FOTOS!

– Você não acha que já fez demais por hoje, não? Vou colocar uma camiseta nova e vê se não rasga!

– Não garanto nada.

– Se rasgar, você paga!

– Coloca uma bem barata, então.

Trato de escolher a camiseta mais vagabunda que eu tinha. Ela parece se acalmar e deixar de lado a história das fotos, pelo menos por um momento.

– Me desculpa, mas eu fiquei muito brava. Sempre fui assim. Tadinho do Brian... O que eu rasguei de camiseta dele… Um dia até comecei a tacar todas as roupas do guri pela janela.

– Tá falando sério?

– Devo estar de TPM, eu fico impossível. Desculpa, guri... Mas você disse que podia rasgar suas camisetas! Eu te avisei disso já!

– *Ok*, *ok*, só não faz mais isso.

– Isso não foi nada, você não viu nada. Eu tinha um namorado na Itália, um cara muito rico. Ele tinha uma Ferrari dessas antigonas, linda. Daí, um dia ele ficou de me pegar não lembro onde, acho que em alguma sessão de fotos, mas não apareceu. Eu voltei de táxi pra casa e ele estava lá, todo bonitão me esperando, "Esqueci, meu amor". Ah, pra quê, Davi. Peguei a primeira coisa que vi e fui em direção ao carro dele. Comecei dando no espelho, depois no que via pela frente, porta, vidro...

– E ele? Não te matou depois? Eu matava – disse brincando.

– Ficamos brigados um bom tempo, mas ele também não era nenhum santinho. Vivia se entupindo de pó, a gente vivia brigando feio. Eu saí fugida da casa dele. Ele ameaçou bater em mim numa festa, eu saí falando que ia chamar a polícia e ele ria, falando que eu estava no país dele e que ele mandava na polícia.

Meu prejuízo foi apenas uma camiseta. Até que saí no lucro.

24

Preparava-me para viajar por três meses ao Brasil, aproveitando as férias da faculdade. Minha mãe alegre, meus amigos colocando vodca no *freezer*, Fernanda começando a se descabelar. A chantagem dela era simples: "Eu vou estar sozinha no verão de Nova York. A cidade inteira em ritmo de festa, loucura. Que pena que tu vai estar no Brasil e me deixar aqui!"

Só de pensar na quantidade de homens que cairiam babando em cima dela me deixava possesso, mas ia tocando meus planos. Rômulo certamente iria comigo, o que demandava uma baita papelada – no entanto, muito trabalho era pouco para tê-lo ao meu lado. Além do mais, ele estava com duas bolinhas salientes nos olhos, glândulas de Harder, que precisavam ser removidas, e eu pretendia fazer a operação em São Paulo.

– Falando em operação, por que tu não aproveita para operar o pinto?

– Com o veterinário?

– Ah, engraçadinho. É que tu não é circuncidado.

– Já me falaram para operar, mas tenho dúvidas.

– Fica tão mais bonito. Tenho até um certo nojo dessa pele toda... Opera, vai.

– Ah! Que bom saber que você tem nojo do meu pau! Vou pensar.

– Não tem que pensar, tem que fazer. Essa pica é minha e eu estou mandando! – disse brincando, mas de certa forma séria.

Meu urologista, Eduardo Nova, já havia me recomendado operar. Os riscos de doença venérea caem radicalmente, é muito mais higiênico e me pouparia de muitos machucados. Eu já podia ter operado, mas Sylvia insistia que não queria mudar nada em minha pica, não me deixou fazer a operação.

– Essa mulher é uma besta! Coitada, não sabe o que é bom.

Meu amigo Botelho, *soi-disant* futuro médico, havia feito a circuncisão havia alguns anos e relatou-me a experiência: "Bom, primeiro você precisa saber que o nome correto é postectomia. Enche muito o saco, você não pode se masturbar, não pode nem ficar de pau duro. Ainda faltava uma semana para tirar os pontos, mas eu fui dar uma trepada com uma baita loira gostosa que só dava no escuro. Senti um ardor no pau, mas não parei. O ardor aumentou, fiquei encanado e acendi a luz. Um horror. A cama estava encharcada de sangue, os pontos tinham rompido, fiquei desesperado e ela chorava vendo aquilo tudo. Não faça o mesmo! Mas opera que fica muito mais bonito e cheiroso."

Expus o plano enquanto jantávamos no West Village: chegaria no Brasil, faria meus exames, eu e o Rômulo seríamos operados, passaria um tempo nas montanhas, voltaria para São Paulo para curtir os amigos, viajaria para a praia e me prepararia para voltar a Nova York.

– Tu tá pensando em ir para a praia com seus amigos?

– Sim, claro.

– E esta é a praia onde todos vocês enchem a cara, fazem as festas mais malucas e onde tu cozinha para um monte de meninas?

– Bem, sim. Mas...

– Mas o quê?

– Mas não tem por que se preocupar, nunca fico com ninguém.

– Ah, é? Então eu também vou para a praia aqui e fazer o mesmo, o que tu acha?

Vi que corria o risco de ser punido por ir à praia, mesmo que no inverno. Ridículo, mas, fazer o quê? Aferrei-me à lógica de que, se não queria que ela fosse aos Hamptons, não podia esperar que eu fosse a Ilhabela impunemente.

Os dias seguintes seguiram esplêndidos. Eu e minha namorada estávamos cada vez mais conectados. Creio que a perspectiva de nos separarmos por um tempo nos fazia ficar mais próximos. Discutíamos filosofia, política, contávamos histórias, assistíamos filmes, ouvíamos música e por aí vai... Fumávamos charutos, bebíamos ótimos vinhos e jogávamos conversa fora por horas. Ela era ótima contadora de histórias, vivia desfiando casos de sua infância: "Um dia, meu pai, que era dono da empresa de transporte público em Porto Alegre, teve de enfrentar uma greve. A casa onde a gente mora fica no meio de um terreno gigantesco, bem longe do muro, tendo que chegar de carro até a porta. Daí, no meio dessa greve toda, tacaram uma bomba pra dentro do nosso muro! Eu lembro que foi uma baita correria. Imagina só se eu estivesse brincando ali por perto!"

Afora os traumas – se é que posso falar assim – sua vida parecia ter sido muito divertida e interessante.

No dia da viagem, Fernanda me acompanhou até o aeroporto. Quase não falou durante o trajeto, apenas chorava e segurava minha mão:

– Vou sentir sua falta, guri.

– Eu também, muita.

Fernanda deu um longo suspiro e encostou sua cabeça em meu ombro:

– Te amo, te amo muito.

25

O piloto anuncia que o procedimento de descida vai começar. São Paulo está à vista. O céu está claro, suspiro ao ver aquela pobreza escancarada, a gigantesca massa cinzenta que se espalha entrecortada por morros e córregos de esgoto a céu aberto, construções paupérrimas, ruas de terra, carros e mais carros correndo que nem vira-latas.

A pista de pouso vai ficando cada vez mais próxima, até que sinto o avião quicando no solo. Todos aplaudimos. Dado o número de acidentes recentes na aviação brasileira, não tenho certeza se os passageiros aplaudem o pouso bem feito ou o simples fato de estarem vivos.

Trato de sair o mais rápido possível do avião e me dirijo quase correndo para a esteira de bagagens. Rômulo devia estar louco para mijar e não devia estar entendendo nada. O coitado viajou no setor de cargas por dez horas no breu total e no frio.

Na imigração, a mulher que veio me atender faz cara feia e olha com má vontade a papelada, até ver o animal:

– Meu Deus, que cachorro lindo!

Somos liberados imediatamente. Saímos para o inverno paulistano, que raramente é mesmo inverno, mas gostamos de acender lareira, fingir que está um frio danado, vestir sobretudo e até mesmo diminuir o consumo de cerveja. Ainda estou para ver neve em São Paulo, vai ser divertido.

Meus pais nos aguardavam no aeroporto. Abraços e beijos, levamos Rômulo, ainda na gaiola, até o estacionamento. Lá, saiu timidamente, andou um pouco e, então, deu aquela mijada. Em pouco tempo ele já estava de volta ao normal, arranjando confusão com a roda de uma motocicleta.

Fomos embora do aeroporto com um taxista amigo de minha família havia muitos anos, Frederico, homem com um dos maiores corações que já tive o prazer de conhecer. Repleto de boas histórias, uma vez contou-me que, quando no exército, volta e meia pintava pelo quartel uma corajosa puta. A fila se formava e, lá pelas tantas, um pequeno córrego de esperma saía da xoxota da garota e escorria pela sarjeta. "Era uma briga pra ver quem comia a garota primeiro, porque os últimos se lascavam!", completava rindo.

Tive um final de tarde com a deliciosa bacalhoada de minha mãe, a companhia dos amigos e bons vinhos. De noite, sentado na varanda, trocava palavras de amor com Fernanda. Já havia sido advertido quanto à conta de telefone.

26

Marquei a circuncisão de modo que eu pudesse me recuperar num hotel nas montanhas, que frequentava com meus pais desde os sete anos de idade. Tenho aquele lugar como um retiro: tudo o que faço é jogar bilhar, bocha, fazer sauna, respirar o ar puro nas caminhadas, bebericar e cochilar.

Pensando que não poderia transar nem me masturbar por pelo menos um mês, decidi ligar para uma namorada que tive por volta dos 15 anos, minha primeira namorada, Helena. Não sei bem por que, mas ela era a única mulher que, volta e meia, namorando ou não, acabávamos nos vendo. Creio ser muito comum por aí esse tipo de coisa entre ex-namorados.

No meio da transa começa a me bater o pensamento em Fernanda. Faço um esforço para continuar, mas não teve jeito:

– Escuta, tenho que ser honesto com você e comigo mesmo. Minha cabeça está em outra pessoa, meu coração também.

Ela entendeu. Helena é a típica mulher que entende demais. Algumas mulheres tendem a ser muito compreensivas em coisas que não merecem o menor respeito. Numa situação dessas, ela deveria ter me mandado tomar no cu, se vestir e cair fora para nunca mais voltar. Poucas mulheres, no entanto, têm tanto colhão assim.

No dia da cirurgia, meu pai me acompanhou ao hospital. Só precisaria permanecer uma noite lá, devido à anestesia geral. Logo que chego, me dão uma droga para me deixar grogue.

– Quer dizer então que o senhor está aqui para cortar o saco fora? – brinca macabramente o anestesista que veio conversar comigo minutos antes do procedimento.

– Nem brinca, doutor!

– Bem, você sabe que vamos te apagar completamente, não é?

– Sim, estou ansioso pra curtir o barato.

– Converse com a sua namorada agora, porque quando você acordar terá outro pênis!

– Doutor, não fica fazendo piadinha porque senão na hora eu vou ter uma ereção e arregaçar com a cirurgia.

– Pelo amor de Deus, não faça isso que estraga tudo!

O entorpecente começa a bater mais forte. Maca descendo no elevador. Barato gostoso. Enfermeira segurando minha mão. Máscara preta em meu rosto.

Acordo na sala de pós-operatório com três enfermeiras sorridentes ao meu lado.

– Fui pro céu?

Elas riem.

– Não. Correu tudo ótimo – responde uma delas.

– E quem é aquela ali? Não é um anjo? Tem certeza que aqui não é o céu?

– Aquela ali é a Roberta.

– Roberta, você é linda! Deixa eu te ver de perto.

Elas riem mais ainda. Roberta se aproxima:

– Acho que ele já está bem pra voltar para o quarto.

Meu pai me espera no quarto. Eu ainda estava grogue, cansado. Trato de conferir logo se estava tudo certo com o meu pacote. Aparentemente, fizeram a coisa certa.

– Cara, você não sabe o que aconteceu – meu pai comenta.

– Nem imagino.

– O médico veio conversar comigo, disse que correu tudo bem. No entanto, no finalzinho da operação, quando eles já estavam dando os últimos pontos, você teve uma baita duma ereção que quase arrebentou tudo. Tiveram que bombear o sangue, foi um bruto dum enrosco!

– Eu avisei o anestesista. Eu avisei!

A anestesia me fez perder um pouco da memória do resto do dia, mas lembro de ter ligado para Fernanda e contar que havia corrido tudo bem. Meu pai diz que, lá pelas tantas, eu falava tanta sacanagem ao telefone que ele se retirou do quarto. Devia estar falando o que iria fazer com ela com meu pênis reformado.

27

Visconde de Mauá é um lugar mágico. Para sentir isso não é preciso tomar o famoso chá de cogumelo alucinógeno da região. O clima da montanha, as araucárias centenárias, a água em abundância, o cheiro de mato molhado, o céu entregue às estrelas e a geada na madrugada acalmam os ânimos de qualquer um.

Seu Zé, o septuagenário garçom, e Cleide gostam de contar histórias dos hóspedes que passaram pelo hotel, desde as duas velhinhas que se hospedavam com duas bonecas grandes e obrigavam os garçons a servi-las como se fossem crianças sentadas no cadeirão à mesa do restaurante do hotel, até a conhecida Dona dos Gatos, que se trancava no chalé e todos os dias pedia sopa para um dos animais. Tem também a do lelé que andava com o boné para o lado, língua de fora, quebrou uma vidraça da piscina aquecida e ficava encarando meu pai – mas deixemos essa história para outra ocasião.

Jogo bilhar todo dia depois da meia-noite com Seu Raimundo, o guarda noturno, e mais alguns outros funcionários e garçons. Encerramos a mesa lá pelas três da manhã e Seu Raimundo, com seus setenta e poucos anos, vai de bicicleta para a casa feliz da vida quando ganha de mim. Quando perde, vai bravo que só vendo.

Eu dormia sozinho num chalé, do lado de fora dormia o Rômulo – que no primeiro dia havia destruído dois travesseiros, um abajur, um controle remoto e ainda tentara roer o pé da cama. Acendia a lareira toda noite e adormecia vendo o fogo torrar os toletes de pinho, abraçado no travesseiro como se estivesse com Fernanda em meus braços.

Havia levado meu *laptop* para que pudesse conversar por câmera com a Fê. Nos víamos todas as noites, trocávamos mensagens o dia inteiro e, se longe do computador, ligava para ela.

Ora uma cesta de comida, ora flores, ora chocolates, ora balões... Nada me fazia mais feliz do que saber que ela havia recebido outra encomenda minha a sete mil e tantos quilômetros de distância.

– Meu amor, nem sei onde enfiar tantos balões! Na minha geladeira não cabe mais nada também! Tu tá maluco, gurizinho querido!

As conversas foram ficando cada vez mais sérias. Não falávamos exatamente em casamento, mas sonhávamos com um longo futuro juntos, quem sabe muitos filhos, com certeza muita felicidade, muitos objetivos conquistados. Quando se ama, tudo parece possível, as maiores bobagens são desculpáveis, não existe nada no futuro que nos impeça de tomar de assalto o céu.

28

A temporada em Mauá estava chegando ao fim e em breve eu estaria de volta a São Paulo. Retiro a bandagem do pau e me surpreendo com o resultado. Fernanda, no outro hemisfério, comenta que mal podia esperar para ver e usar meu novo instrumento.

Ainda teria quase dois meses de permanência no Brasil, mas começava a perceber que havia errado nos cálculos. A saudade era muito maior do que a soma dos fatores, minha vontade de rever Fernanda aumentava exponencialmente.

Ela havia voltado a fazer o jogo de ciúmes pra cima de mim, o que me comia vivo. Não chegávamos a brigar, mas a situação estava ficando torturante. A história se repetia: um cara que se apaixona por ela e faz de tudo para tê-la; ela dizendo-se indignada com que eu pudesse pensar que estava me traindo; eu afirmando estar inconformado com esse jogo etc. etc.

Além disso, Brian também estava caindo com tudo pra cima dela: um dia, esteve em sua casa e viu os balões que eu havia mandado entregar, uns trinta. Ele ainda não sabia que era eu o novo amante de Fernanda. Enquanto ela foi ao banheiro, pegou uma tesoura e estourou quase todos os balões. Ela o expulsou de casa. Dei risada da história, ainda bem que pelo menos ele não era bom em lidar com mulheres. Me importava pouco com as coisas que fazia, mesmo sabendo que nunca se deve subestimar a força de uma antiga paixão.

Fernanda havia até consultado seu advogado de imigração para saber se ela poderia vir ao Brasil enquanto eu estivesse por aqui. A resposta foi que, se ela saísse do país, adeus *green card*. Aí foi que bateu o desespero e resolvi antecipar minha volta para Nova York.

Com isso eu teria também a oportunidade de encontrar a mãe de Fernanda, que a visitava, acompanhada de uma amiga, de passagem a Paris. Aliás, pelos relatos de Fernanda, pareciam estar tendo momentos maravilhosos. Num jantar no Jean Georges, um velhinho teria se encantado com elas, chegando a mandar uma garrafa de Don Pérignon à sua mesa. No entanto, "guri, quando vi a data das passagens das duas, percebi que o voo para Paris não era pra dali a dois dias, mas era pra dali a cinco horas! Ela pediu mil desculpas a você e disse que nos espera em Porto Alegre".

– Poxa, é uma pena, eu queria muito conhecer tua mãe.

– Ah, minha mãe é completamente desligada, uma história pior do que a outra. Mas, escuta, gurizinho, eu tenho uma surpresa pra ti. Tu não imagina o que eu fiz no teu apartamento. Fiquei horas, dias, mexendo em tudo. Não sabes o trabalho que deu! O apartamento está lindo de se jogar no chão e morrer!

Porém, minha volta ao apartamento tinha uma condição: eu era obrigado a depilar o saco, virilha, até o rabo. Não tive escolha. Surpreendeu-se quando eu disse que não havia doído. Haja paixão para tolerar uma bichona perguntando sobre minha recente operação no pau, enquanto me arrancava os pelos do cu com cera quente. Haja paixão...

29

Aterrisso em Nova York de manhãzinha, me enfio num táxi com Rômulo e em pouco tempo estou em casa. Abro a porta e Fernanda está me esperando com o café pronto. Nos damos um abraço bem apertado, sem falar nada.

– Te amo – ela interrompe o silêncio. – Nunca mais fique longe de mim tanto tempo...

Trocamos um longo beijo.

– Vem, olha só o teu apartamento!

Quase chorei de felicidade quando vi o que tinha sido feito. Ela havia trocado meu sofá sujo por um bem grande, branco. Minha mesa de centro vagabunda foi substituída por um monumento de madeira, com tampo de vidro em dois níveis e alguns vasos de decoração em aço. Ela havia pendurado grossas cortinas de veludo marrom, rearranjado os móveis, pintado os armários do banheiro, enchido o apartamento de flores e organizado meu *closet*, papelada e livros. Até mesmo alguns quadros seus estavam pendurados. Bons quadros, grandes, fortes. Enfim, ela transformou o apartamento de um estudante de vinte anos no de algum endinheirado com muito bom gosto.

– Agora sim, tu tens um apartamento de homem!

Eu estava sem palavras. Ela realmente havia tido um baita trabalho arrumando tudo, eu não sabia nem como agradecer. Nem ousei perguntar o quanto ela gastara naquilo tudo, apesar de saber que boa parte vinha de seu antigo apartamento.

– Deita ali no sofá pra ver como é confortável!

Ela o havia coberto com lindas almofadas trabalhadas à mão e algumas mantas de *cashmere*. Me deito e puxo Fernanda. O médico disse que eu tinha de trepar bem de leve, e que, se sentisse dor – o que seria bem provável – deveria parar.

– Uau! Seu pau ficou lindo, bem melhor! E tu tá todo depilado! Guri, que delícia! Vem cá, vem, gostoso.

Doeu pra caramba, mas o prazer de tê-la de novo era maior, bem maior, e aguentei.

Dormimos a tarde inteira no sofá, curtindo uma baita paz, ainda que com um ou outro taxista buzinando, algumas sirenes de bombeiros, o riso de crianças brincando na calçada, o ronco cúmplice de Rômulo.

30

Três semanas e pouco se passaram em relativa estabilidade. Digo isso porque ela tinha um gênio bem difícil, vivia criando briguinhas comigo. Durante ou depois do café da manhã, era de certa forma comum que ela ficasse brava, desplugasse sua torradeira e subisse as escadas para seu apartamento. No final, sempre fazíamos as pazes, concordando que os motivos eram ridículos. A cena já havia virado motivo de riso entre nós: "Fê, a coisa mais engraçada do mundo é ver você brava com a torradeira debaixo do braço subindo as escadas. Daí, depois de dois minutos você me liga pedindo para eu fazer um *cappuccino*! Toma jeito, mulher!"

Eu havia comprado dois ingressos para assistir a um recital de Jessye Norman no Carnegie Hall. Quem nunca a ouviu cantando está perdendo um bom bocado.

Não era a primeira vez que íamos a uma *performance* musical. Sou um apreciador de *jazz*, e Fernanda passou a ir comigo a várias apresentações. Uma das grandes sessões que tivemos foi a passagem do aniversário do meu amigo Aurélio Kantz, pai de Paulo Kantz, acompanhado de sua mulher, também minha amiga, Lia, de seu irmão e esposa. Assistimos ao trio Bill Frisell, Paul Motian e Joe Lovano no Village Vanguard. Uma noite memorável.

Sentados ao balcão do bar do Carnegie Hall, uma mulher não para de flertar comigo e com Fernanda:

– Davi, essa mulher gamou na gente!

– Não sei se ela está com mais tesão em mim ou em você.

– Acho que ela quer os dois.

Já havíamos passado por situações semelhantes, e Fernanda sempre brincava que poderíamos ganhar uma grana só de deixar assistirem à nossa trepada.

O sinal de que iria começar a apresentação soa e nos dirigimos aos nossos lugares. Eu havia escolhido ótimos lugares, próprios para extrair ao máximo o som da voz. Ao nosso lado, um casal de velhinhos extremamente elegantes: ele, de bengala, terno cinza-escuro, camisa levemente azul e uma bela gravata vermelha; ela num vestido de veludo vermelho com uma elegante echarpe. Um pouco mais adiante, algumas cadeiras vazias e mais um grupo, todos de cabelos brancos.

Devo dizer que nunca presenciei tamanho silêncio durante uma apresentação. Era como se todos estivessem hipnotizados. A força daquela voz fazia as cadeiras e o parapeito tremerem, dava calafrios na espinha, arrepiava os pelos do braço. Uma enorme sensação de beleza e paz invadia a alma.

O segundo *lied* trazia tantas emoções que comecei a chorar. Percebi que Fernanda também chorava. Aliás, a sala inteira estava emocionada, eram muitos os que choravam. Ao término de cada canção, Jessye abria os braços, um imenso sorriso, e olhava para o alto como se tocada pelas asas de algum anjo. Choramos do começo ao fim.

O programa terminou com uma ovação de uns vinte minutos. Jessye não conseguia ir embora, as pessoas não paravam de aplaudi-la e pedir bis, inclusive eu, que tinha a obrigação de aguentar bater mais palmas que os velhinhos. Depois de uma *La vie en rose* sublime, com a sala inteira cantarolando junto, a plateia deixou-a retirar-se.

Continuamos nossa noite no Bravo Gianni. Conseguimos uma reserva de última hora e o restaurante havia ficado aberto só para nós. Fomos os últimos a entrar e os últimos a sair. O garçom, ao perceber que éramos brasileiros, orgulhoso, nos chamou a atenção para a plaquetinha que informava ser aquele o lugar preferido de Paulo Francis. Numa mesa longa, os garçons e outros funcionários tomavam café e jogavam conversa fora. Foram muito simpáticos, não nos cobraram pela tábua de frios, pelo café e pela sobremesa. Comemos e bebemos muitíssimo bem.

Voltamos a pé para casa caminhando calmamente. Uma das coisas que Fernanda e eu mais gostávamos de fazer era passear à noite, com ou sem os cachorros – e, como ela sempre queria, de braços dados, nunca de mãos dadas. Encontrávamos jardins ocultos, construções enigmáticas, portas que pareciam levar a lugar nenhum, bares escondidos, restaurantes bacanas, lojas e mais lojas. Adorávamos falar mal das vitrines, das roupas, sapatos, acessórios feios e de mau gosto – e de falar bem, claro, quando as coisas nos agradavam.

– Olha lá no fundo, Davi, a Times Square. Que lindo! Muitas vezes não nos damos conta, mas estamos em Nova York. Quantas pessoas no mundo não gostariam de estar aqui onde estamos? E cá estou. Eu consegui. E com um homem que me ama. Olha, olha essas luzes! Olha essa cidade! Sou tão feliz ao teu lado...

Nunca vi nada de excepcional naquele mundaréu de luzes e cores, aquele favelão de LEDs, mas entendi o que ela queria dizer. Eu também me sentia feliz a seu lado.

31

Mais uma semana se passa e Fernanda, pelo visto, encontrava-se de TPM. Já havia aprendido a perceber os sinais: era sempre um inferno. Notara que ela tinha as cutículas da mão e do pé completamente machucadas de tanto que as cortava com alicate. Especialmente as do pé tinham marcas de que sangravam. Em épocas de TPM as feridas pioravam, o que me fez esconder todas as tesouras e alicates da casa, a contragosto de Fernanda.

Ela andava encrencando com tudo o que eu fazia ou falava. Aprendi que quando as mulheres estão nesse estado, a melhor coisa a fazer é justamente não fazer nada, não falar nada, evitar ao máximo qualquer interação. Isto é, salvo quando elas não ficam bravas exatamente por você não estar fazendo nada.

– O que é que foi, guri? Tá olhando o quê? – Fernanda checava seus *e-mails* no meu computador.

– Não tô olhando nada, não tô fazendo nada.

– Posso ter privacidade?

– Sim, claro, Fê, pode ter toda privacidade, mas você está no meu apartamento e não tenho para onde ir.

– Tá ouvindo o Bingo latir?

– Agora que você me chamou a atenção, estou.

– Vou subir. Aliás, vou ficar por lá, não estou me sentindo bem.

Fernanda sai e esquece seu *e-mail* aberto. Não faço o tipo ciumento, nunca me apeteceu invadir a privacidade de alguém, mas nossa história era cheia de buracos e remendos...

A primeira página de *e-mail* não revelou nada, apenas que Brian ainda se comunicava com ela regularmente. Olhando mais para trás no tempo descubro *e-mails* dele se declarando. Ele se dizia muito apaixonado, perdido sem ela, deprimido. Até então, isso não teria me irritado, mas a uma dessas mensagens, de alguns meses atrás, da época em que já namorávamos, ela responde, em seu inglês capenga: "De certa forma, eu também te amo. Não sei mais o que fazer para essa situação melhorar. Gostaria de voltar no tempo..."

Resolvo continuar buscando por outras correspondências. Encontro um *e-mail* de um tal Kyle, datado da época em que começávamos o namoro: "Então eu te espero na quarta-feira. Eu trago o vinho e você faça o favor de vir com aquela saia bem curtinha, bem gostosa!"

Respirei bem fundo para tentar me acalmar, mas não consegui. Ponderei que não era para eu ter lido nada daquilo, mas já tinha acontecido. Ligo pra Fê:

– Quero conversar – minha voz tremia.

– Quê que foi, guri? Quê que aconteceu?

– Nada, vou subir aí.

– Tá bom.

Entro em seu apartamento e me sento à mesa. Vou logo perguntando o que ela sente por Brian e que história era aquela com Kyle. Surpresa, responde que não sente nada por Brian e que Kyle era *gay*. Mas imediatamente se dá conta que eu havia lido seus *e-mails*:

– SEU DESGRAÇADO! É A MINHA VIDA! É A MINHA VIDA! EU NÃO TE DEI O DIREITO DE VER MINHAS COISAS, TÁ ENTENDENDO? SAI DA MINHA CASA, AGORA!

– Com todo o prazer.

Dirijo-me à porta olhando pra baixo, bufando. Ela antecipa-se e segura a porta, me impedindo de abri-la.

– ESCUTA AQUI, SEU FILHO DA MÃE, SE TU SAIR POR ESSA PORTA ACABOU TUDO ENTRE A GENTE!

– ÓTIMO! DEIXA EU SAIR, ENTÃO!

Ela me segura pela gola da camiseta com as duas mãos, rangendo os dentes:

– TU NÃO VAI SAIR DAQUI!

– Mas você que me expulsou!

– EU NÃO TE DEI O DIREITO DE LER MINHAS COISAS! É A MINHA VIDA, SEU BABACA!

Ela solta minha gola e desfere um tapa em minha cara. O primeiro na vida – e espero que o último. Não falo nada. Ela me deixa abrir a porta e desço para o meu apartamento.

Apanho o Rômulo para dar uma volta no Central Park. Era um final de tarde. Paramos à beira do mesmo lago em que tentei beijar Fernanda pela primeira vez – meu lugar favorito antes dela surgir em minha vida.

A grama estava molhada, mas pouco me importava em sujar a calça. Rômulo se deita numa poça de lama para se refrescar. Algumas crianças chegam perto dele, com medo.

– Ele morde? – pergunta uma delas.

– Não, mas gosta de comer criancinhas.

Duas delas se aproximam e tocam no Rômulo, tão dócil. A mãe berra de longe:

– Sai de perto desse cachorro! Olha o tamanho da boca dele!

A situação engraçada me acalma. Fico o máximo de tempo que consigo por ali, tentando não pensar na situação. Havia levado um charuto, sigo em direção a umas pedras por perto, com vista para o lago e os prédios ao fundo do parque.

No final do lago, por debaixo duma ponte, surge uma dessas gôndolas venezianas pretas, com o gondoleiro de chapéu de palha e tudo o mais. A gôndola avança para a metade do lago, noto um homem de panamá sentado com uma loira ao lado, bebendo o que parecia ser vinho. "Esse sujeito está bem!", penso. A embarcação flutuava como um cisne negro. Uma visão surreal.

Dou mais algumas baforadas em meu charuto e o casal agora está bem perto de mim. Percebo que, na verdade, a loira é um homem. Ergo meu charuto em celebração ao nítido bom momento do casal, como que num brinde. Eles erguem o copo de volta e curvo minha cabeça cordialmente, em respeito. Os dois seguem abraçados. O loira sorria feliz da vida.

O sol se põe e resolvo voltar para casa.

Tão logo entro, Fernanda me liga:

– Escuta, posso descer pra conversar?

Senti que não conseguiria acabar o namoro com ela.

32

Fernanda reivindicou que, uma vez que eu tinha invadido sua privacidade, ela tinha o direito de invadir a minha. Chegamos a um acordo patético: eu passei a senha do meu *e-mail* para ela e ela me passou a sua. Como de outras vezes, saíamos de uma crise e caminhávamos para outra.

Combinamos ainda de nos ver um pouco menos, parar de dormir todas as noites juntos. Ela dizia que precisava de um pouco de ar, que estávamos nos vendo todos os dias, e que, além do mais, não tinha nem como sentir tesão e paixão por mim da mesma forma: "Preciso sentir tua falta".

Nossas férias escolares estavam no fim, logo retornaríamos a uma rotina menos sufocante. Ela voltaria para o seu curso de pós-graduação e eu para a minha faculdade. Com isso, automaticamente nos veríamos menos e descentralizaríamos as atenções e tensões.

Em duas semanas e meia num relacionamento morno, eu já passara a olhar para qualquer rabo de saia que encontrasse perambulando por aí. E Manhattan é um mar de tentações. Um amigo meu brinca que se apaixona três vezes por dia só andando de metrô. Já eu devia estar me apaixonando umas cinco.

A frequência de nossas trepadas havia caído abruptamente. O que me restava era bater punheta, o que nunca me satisfez. Me cansa ficar vendo filmete pornô na internet, a sensação era a de estar num canto me masturbando que nem macaco enjaulado, me lembrava a situação de Brian.

Lá pelas tantas, numa quinta-fera à tarde, me encho o saco. "Tenho namorada pra quê? Além do mais, ela é minha vizinha!" Subo as escadas para bater na porta de Fernanda. Ela atende de shortinho e camiseta bem justa. Tento agarrá-la de tudo quanto é jeito, mas ela insiste que não tem tempo, que está ocupada. Vou perdendo a paciência, até o limite, quando ela fala:

– Então, tá, eu deixo tu bater uma punheta.

– Como?!

– Eu deixo tu bater uma punheta. Pode até ver aqueles filminhos na internet. Pode ir, eu deixo.

– Você deixa? Ah! Você *deixa* eu ir bater punheta!

– É, hoje eu deixo, pode ir.

Me segurei para não mandá-la tomar no olho do cu. Ela acabou rindo por me ver tão puto. Desço as escadas ouvindo seu riso.

Sentei-me de frente para o computador buscando me distrair. Em resposta a um *e-mail* de um amigo, que perguntava como andavam as coisas, desabafei, escrevi que não aguentava mais aquela mulher, que agora quase nem tínhamos mais sexo, que já era medíocre. "Não faz o que eu gosto, nunca fez um boquete em mim, não quis dar pra mim e acaba de dizer que *deixa* eu bater punheta, vê se pode!"

No final do dia, Fernanda me liga e pede para eu subir. Ela continuava de shortinho, gostosa. Me puxou pela mão e me jogou na cama. Fiz questão de falar muita baixaria. Ela gostava.

– Eu vou admitir uma coisa: eu morro de tesão por ti, mas tenho essa coisa de dizer não só pra te ver bravo.

–Tá falando sério?

– Eu morro de tesão em saber que eu tenho controle.

– Pô, quer dizer então que você realmente gosta de me torturar?

– Adoro quando tu fica bravinho de tesão. Nossa, várias vezes eu acordo louca de tesão para te dar, tu me vem com esse pau e eu digo não só pra te deixar maluquinho. Nossa, fico mais louca ainda de tesão.

– Não sei se gosto disso.

– Bem, nada me dá mais tesão do que ter controle sobre quando a gente vai trepar.

– Nunca vi nada parecido na minha vida. Mas *ok*, se no final das contas não é falta de tesão, mas faz parte de um jogo, bom, então... Acho que dá pra eu tentar entrar nisso também.

– Mas agora que tu sabe, não tenho mais tesão nesse jogo.

– O quê?!

– Agora que sabes que é um jogo, perdeu a graça.

– Cê tá brincando comigo, né?

– Não, tô falando sério.

– Então tá, também não tenho mais tesão por você.

– Ai guri, deixa disso, vem cá.

– Não.

– Viu só? Aprendeu rapidinho!

– Fê, você é completamente maluca.

– Eu avisei desde o primeiro dia.

33

Nos cinco meses em que namorávamos, eu havia me distanciado um bocado dos meus amigos, muitos até cobravam minha presença. Afora dois deles, dos quais a Fê gostava, não via quase ninguém em Nova York.

Fernanda passava também por um momento difícil com suas amigas. Diferente de mim, que simplesmente me isolei, pois estava namorando, ela aproveitou a oportunidade para revisar algumas de suas amizades. Com exceção de Silvana, eu não havia conhecido nenhuma outra.

Diga-se de passagem, ela ainda não me havia deixado falar com sua mãe. Justificava dizendo que era uma mulher muito simples e que tinha vergonha que eu falasse com ela. Imaginei que a relação dela com a família fosse bem complicada, e não quis interferir. Esperaria o momento que ela achasse melhor.

Fê lamentava que não tinha amigas de verdade em Nova York, que muitas delas, percebia, eram falsas. "Só querem saber do fulaninho que tem dinheiro, ou então são umas baita dumas piradas que usam droga pra caramba." No entanto, por mais que ela dissesse que não tinha muitas amigas, seu celular vivia recebendo mensagens, e muitas das vezes que ligavam ela não atendia. Algumas eram do ex-namorado, porém, de resto, não sei. Imagino que quem ela não atendia era alguma pessoa mal-vinda. Ou alguém com quem ela não queria falar na minha frente.

Fernanda tinha dúvidas sobre seu curso de arte. Comentava que mesmo que gostasse muito de pintar, talvez aquilo não tivesse futuro profissional para ela, que ela havia começado a perceber que seu dom era mesmo para *design* de interiores. Ela era solicitada para alguns trabalhos nessa área, bem remunerados, e queria expandir seus conhecimentos e contatos, quem sabe até abrir seu próprio estúdio.

Eu também tinha dúvidas em relação ao meu curso, que era menos engenharia de som – acústica, física, matemática, tecnologia, administração – do que produção musical. Inquieto, eu começava a buscar alternativas, começando a idealizar negócios como o de importação de charutos baianos, no que fui apoiado por Fernanda.

Assim é que nos tornamos, além de namorados, melhores amigos. Eu até ganhei o carinhoso apelido de Pancetta, devido a uma sopa de lentilha com *pancetta* defumada que fiz certa vez e ao fato de que gosto de comer coisas sem que ninguém me veja. Ela sempre descobria: "Pancetta, tu andou comendo o queijo, Pancetta?"

E foi abrindo cada vez mais sua intimidade. Entre jantares à luz de vela na varandinha de seu apartamento e restaurantes em Downtown, as histórias não paravam de brotar: "Eu demorei pra dar o meu primeiro beijo, sabe? Tive raiva de meninos por muito tempo. Fui perder minha virgindade com o namorado jornalista do Rio aos dezoito. Ele havia acabado de se divorciar, e a família dele me odiava. Imagina só, um cara de cinquenta e tantos anos, duas filhas, namorando uma mulher de dezoito. A gente ia pros lugares e vinham pessoas comentar: 'Você não tem vergonha na cara?'. Era uma situação muito difícil. Mas ele era completamente louco por mim. Que homem... Um dia, a gente estava na Argentina e eu queria porque queria comer pizza. Tanto fiz que ele pediu a tal pizza. Aí, Davi, quando chegou, ele tacou a pizza no chão e mandou eu pegar.

Quando me abaixei, ele puxou minha calcinha pro lado e começou e me comeu por trás. Na hora tomei um susto e parei de abrir a caixa de pizza. Ele falou assim: 'Não. Come a pizza. Vai, agora come essa pizza'. Ele gozou enquanto eu comia. Nossa, como a gente era maluco!"

Muitas histórias eram desse ou de outros ex-namorados. Volta e meia ela contava algo de sua família, sempre coisas engraçadas, e de sua infância, evitava tocar no assunto do pai, com exceção do dia em que ela me revelou que, na verdade, ele não tinha morrido do coração, mas de Aids. Supostamente, quem teria passado a doença para ele teria sido sua então namorada, odiada por todos da família. Eu não fiz questão de pedir detalhes, não quis estender um assunto tão delicado.

Fernanda gostava também de contar sobre suas experiências sexuais, sempre com ares de orgulho: "Minhas amigas me chamam de louca, mas sempre digo que elas é que não sabem o que estão perdendo! Não têm ideia do que é transar com dois homens. Uma vez, em São Paulo, indo para uma festa depois de um desfile, estava com dois modelos amigos do meu lado no banco de trás. Começou a rolar um clima e começamos a nos pegar. Nem fomos à festa e voltamos para o meu apartamento. Foi tudo com muito amor, carinho, nada de putaria por si só. Nossa, que delícia que foi! Fizemos isso várias vezes depois!"

Fê ria mordiscando os lábios enquanto se lembrava de tudo.

– E tu, nunca comeu duas mulheres ao mesmo tempo?

– Nunca.

– Nem com puta?

– Nunca comi uma.

– Guri, nem vem querendo mentir pra mim nessas coisas.

– Ué, nunca comi uma puta, não gosto.

– Guri, eu dou pra dez negões ali na esquina se você realmente não comeu nem uma puta – volta e meia ela repetia a mesma provocação.

– Dez negões? Que isso?

– Mas tu nunca comeu por que não gosta mesmo ou o quê?

– Porque não consigo superar o fato de que estou pagando por aquilo.

– Mas todo homem gosta de puta.

– Meu padrinho também diz nunca ter comido puta, meu pai também.

– Hum, sei, sei...

– *Ok*, Fê, você venceu, você descobriu uma verdade que nem eu mesmo sabia: eu amo uma puta, adoro.

– Mas tu não gosta por que tem nojo ou o quê?

– Não, não tenho nojo. Só não gosto, ué.

– Mas de filme pornô tu gosta que eu sei!

– Assisto a um filme ou outro na *internet*, mas até aí...

– Olha lá, hein, Pancetta. Se eu te pegar um dia assistindo essas mulheres que ficam ao vivo fazendo showzinho na webcam, eu mato!

– Você me mata? Por quê? Qual a diferença entre um filme e uma dessas que se exibem ao vivo?

– Tem toda a diferença! – mas não conseguiu explicar.

O papo avança mais um pouco:

– Adoro fazer anal, é a coisa que mais gosto. Gozo muito, não sei explicar... Fico louca de tesão!

– Percebo que você goza bastante mesmo.

– Não é? Mas eu sempre dou um jeito de gozar. Quando vão metendo na minha buceta, na portinha, eu já gozo.

– Quando estou trepando com você, consigo ouvir o que pensa – disse eu convencido.

– Se liga, guri, tu acha que sabe de alguma coisa que se passa na minha cabeça enquanto a gente trepa?

– Que? O que você tanto pensa então? – fiquei espantado com a reação dela.

– Nossa, mil coisas... Mil fantasias... Coisas que nem eu entendo. Fico pensando em várias coisas, Davi.

Então me dei conta de que, vez ou outra, ela parecia mesmo estar com o pensamento bem longe dali.

34

Chovia. Eu ouvia música enquanto o Rômulo roía algum móvel. O telefone toca:

– Davi, sobe aqui agora, quero conversar com você.

A voz de Fernanda estava esquisita, mas subi sem pressa, tranquilo. Não consegui imaginar o que poderia haver de errado.

– Não acredito no que estou lendo – ela vira o *laptop* para que eu visse: era o *e-mail* de desabafo que havia enviado ao meu amigo – Medíocre? Meu sexo é medíocre?

Fiquei sem reação. Minha pernas deram uma tremida.

– Meu Deus do céu! Medíocre? – ela repetia.

Eu ainda não conseguia falar nada, buscava processar tudo o mais rapidamente possível.

– Eu não faço tudo o que você gosta? Eu não faço tudo o que você gosta?

– Veja bem, Fê, eu estava bravo na hora, não é bem por aí.

– O quê que tu quer que eu faça, hein? Vem cá na minha cama e faz o que tu quer fazer agora!

– Não, Fê, não é por aí.

– AGORA TU VEM AQUI E FAZ!

– Pô, não é bem assim, não é isso o que eu queria dizer!

– ENTÃO O QUE É? QUER PUXAR MEU CABELO? QUER GOZAR NA MINHA CARA?

Ela me agarra pela mão e me joga na cama. Eu, tentando manter a calma, procuro me safar da situação.

– Calma, não é por aí que a gente vai conversar.

Ela senta-se na cama.

– Medíocre? Medíocre, meu Deus!

Começa a puxar os cabelos.

– Ei, se acalma, Fê! – tentei mais uma vez, já preocupado com a vizinhança.

– O QUE É QUE TU QUER FAZER? O QUE É QUE TU QUER FAZER? VAI! VAI! QUER COMER O MEU CU? QUER ME BATER? VEM CÁ E FAZ! AGORA TU VAI FAZER TUDO, SEU DESGRAÇADO!

– Eu estava bravo na hora, veja bem...

Ela se volta para mim, alucinada, berrando:

– SEU FILHO DA MÃE! EU NÃO ACREDITO NISSO! EU NÃO ACREDITO NISSO!

Coloca as duas mãos sobre o abdome.

– Meu Deus do céu, que dor! Ai, que dor! Tá doendo muito, muito!

E eu ali, olhando, sem saber o que fazer.

– Eu quero morrer! Meu Deus, eu não vou aguentar! Eu preciso ir embora daqui.

Fernanda baixa o tom, como se pensasse alto:

– Preciso ir embora daqui, não posso ficar aqui nem mais um minuto. Vou embora daqui.

– Como assim? – digo eu quase rindo. – Ninguém vai embora.

– Eu vou embora, tenho que ir. Cadê minha mala, meu passaporte. Preciso pegar meu passaporte.

– Passaporte? Pra que você quer passaporte?

– Vou pra bem longe. Não posso ficar no mesmo país que tu. Vou pra Europa, sei lá, pra bem longe de ti.

Fernanda se dirige ao armário, sobe num banquinho e joga uma mala rosa de plástico duro em cima da cama.

– Ei, se acalma. Não precisa ir pra lugar nenhum!

– Cadê meu passaporte? Cadê meu passaporte?

– Escuta, eu estava bravo, não é bem assim...

– Não é verdade? Não é verdade o que você falou? Você disse que meu sexo é medíocre! MEDÍOCRE!

– Fê, você não está querendo ver direito as coisas.

Ela volta a gritar:

– DEUS DO CÉU! O que é que eu fiz pra merecer esse castigo? Ai, ai!

Então ela se encolhe num canto do quarto contorcendo-se e gemendo alto.

Nessas alturas eu estava começando a ficar realmente preocupado, mas ao mesmo tempo estranhamente calmo. Aparentemente, a dor passou e ela voltou a procurar pelo passaporte, mas não o encontrava. Do meio de uns documentos surgiu o passaporte de Brian.

– Por que você tem o passaporte do Brian?

– Porque ele deixou comigo, sei lá. Cadê meu passaporte? Eu preciso ir embora. Preciso ir embora, agora.

Achei estranho ela ter o passaporte dele, mas é melhor não prolongar o assunto. Fernanda começa a fazer as malas para ir embora, esvaziando as gavetas de roupa na mala. Tentei acalmá-la, fazê-la voltar ao juízo, mas nada funcionava. Ela estava numa espécie de transe.

– Fernanda, se acalma, por favor! Ninguém vai embora, não precisa viajar...

– É verdade aquilo tudo? É verdade aquilo tudo? Tu escreveu! Tu escreveu aquilo! MEU DEUS DO CÉU!

– Mas é claro que não é verdade...

– TU ESCREVEU. É ISSO QUE TU ACHAS DE MIM! É ISSO! EU SOU UMA MERDA, A PIOR MULHER DO MUNDO! EU! EU SOU MEDÍOCRE! EU!

Fernanda começa a hiperventilar, fica de cócoras ao lado de sua cama. Puxava o ar com muita dificuldade enquanto os olhos esbugalhavam.

– Ei, Fernanda, se acalma, não é verdade aquilo.

Tive de repetir dezenas vezes a mesma frase. Ela ficou por volta de vinte minutos no chão do quarto num estado tal que comecei a achar que ela fosse ter uma síncope, uma parada respiratória. Pensei mesmo se não seria o caso de chamar uma ambulância.

Não havia nada que eu pudesse fazer a não ser tentar trazê-la de volta ao normal. Fui até a cozinha e preparei uma água com açúcar. Ela nem me ouviu pedir para que tomasse um pouco, só permanecia hiperventilando e, agora, começara a tremer. Era assustador.

Demorei a conseguir fazê-la parar com o surto. Exausta na cama, deitada, consigo convencê-la de que o que ela leu fora uma extrapolação de meus sentimentos, apesar de que, na verdade, fossem precisos.

– Tá melhor, Fernanda?

– Não sei. Mas eu já tive isso antes, bem pior.

– O que foi isso tudo que aconteceu? Eu quase chamei uma ambulância, Fê.

– Não precisa. Estou melhor.

– Escuta, por que você não vê um psiquiatra ou algo do tipo?

– Eu já fui a vários. Ninguém consegue me curar.

– Mas o que você tem?

– Trauma.

– De quê?

– Do meu pai.

– Fernanda, o que ele realmente fazia com você?

– É difícil, guri... Não consigo falar a respeito.

– Mas eu estou aqui pra te ajudar. Pode falar, eu te entendo.

– Mas algumas coisas não são feitas pra se entender.

– Podemos começar...

– Não sei se consigo.

– Por que você faz xixi na cama?

– Eu tenho pesadelos.

– Que tipo de pesadelos?

– Pesadelos... Não consigo falar nisso.

Ela ainda estava pálida e ofegante, eu tinha dúvidas se devia continuar com as perguntas, mas sabia que aquele momento poderia ser bom para que ela botasse pra fora algumas coisas.

– Conversa comigo, Fê. Eu estou do seu lado. Não vou te abandonar.

– Jura?

– Juro.

– É difícil falar nisso...

– Que tipo de pesadelo você tem?

– Jura mesmo que não vai me abandonar?

– Juro.

– Ai, guri...

– Pode falar, é melhor do que guardar tudo pra você.

Ela se deita na cama e olha para o teto.

– Eu tenho esse pesadelo há anos, desde que fiz uns vinte anos. Eu sonho que três homens muito fortes me agarram e começam a me estuprar. A dor é imensa. Uma dor muito grande mesmo, Davi, como se eu estivesse morrendo. Tudo começa a ficar preto, a dor aumenta. Quando estou à beira da morte, eu viro para o lado e vejo meu pai, agachado, olhando eu ser estuprada com um sorriso de satisfação no rosto enquanto faz cocô.

Naquele momento eu tremi. Uma voz na minha cabeça começa a falar claramente: "Cai fora. Cai fora agora. Simplesmente se levanta e vai embora pra nunca mais voltar".

– Seu pai a vê sendo estuprada, com ar de satisfação, enquanto caga?

– É. Eu nunca contei isso pra ninguém, Davi. Só para um dos psiquiatras que eu tive. Mais ninguém.

– Seu pai te estuprava quando criança, Fernanda?

Ela não responde.

– Eu não sei se vou poder te ajudar, Fê. Isso é muito pesado para mim.

– Tu vai me deixar agora, Davi?

– Eu não sei o que fazer, não sei o que falar.

– Por favor, Davi, não me deixe, não desiste de mim!

– Escuta, isso tudo é muito forte para mim. Eu não acho que vou poder te ajudar.

– Meu pai é um filho da puta! Um filho da puta! Por causa dele eu não posso nunca mais amar alguém! Ele acabou com a minha vida! Aquele maldito acabou com a minha vida!

A voz na minha cabeça continuou: "Levanta dessa cama e vai embora. Deixa ela aí, não tem nada que você possa fazer. Cai fora agora." Mas eu insisti:

– O que mais sobre você eu preciso saber?

– Como assim o quê mais? – seu rosto estava encharcado de lágrimas.

– Ué, se eu vou ficar com você, quero saber o que mais vou ter de enfrentar.

– Bom... Algumas vezes tive um surto em que eu virava uma menina de dois, três anos, completamente indefesa, criancinha mesmo. E em outro momento eu era uma mulher superácida, sensual. Mas isso não aparece há uns bons anos. A primeira vez, eu tinha uns sete anos de idade, depois aconteceu com meu namorado na Itália e com meu ex-marido na Argentina. Umas quatro vezes na minha vida. Até o Brian já teve que me levar para o hospital onde fiquei sedada por uma noite, quando eu tive um ataque de pânico pensando que pudesse estar surtando de novo.

– Você tem múltipla personalidade?

– Não, não foi isso que os médicos falaram na época.

– E isso pode voltar, então?

– Acho que não, nunca mais tive nada parecido... Eu não sou louca, Davi. Quero que você saiba disso, eu tenho meus traumas e meus problemas, mas não sou ameaça a ninguém, talvez só a mim mesma.

– Isso é sério, Fernanda.

– Agora *eu* quero saber se tu está do meu lado pra enfrentar isso, porque eu preciso de um homem que esteja.

– Não sei...

– Por favor, Davi, eu não sou louca. Não desiste de mim, por favor! Tu não sabe o quanto me faz bem, nenhum homem jamais conseguiu o que tu consegue. Por favor, fica comigo.

– Escuta, eu não sei se aguento essa barra não.

– Tu vai me deixar?

– Não vejo outra escolha.

Fernanda começa a chorar novamente e a gritar:

– Um filho da puta! Meu pai é um filho da puta! Não me deixa, Davi, pelo amor de Deus não me deixa. Eu te amo tanto, tanto. Nunca consegui amar ninguém assim! Pelo amor de Deus, não desiste de mim!

Dois meses depois estávamos morando juntos em meu apartamento.

35

Nesse meio tempo, tive de doar o Rômulo. O coitado do animal não estava bem em minha casa, chorava o tempo todo por atenção. Eu estava estudando um bocado, passando horas no estúdio da faculdade, ele acabava ficando sozinho muito tempo. Não tive opção. Fernanda também dizia que não poderíamos morar junto com ele, era simplesmente inviável.

Fomos os dois levar aquele belo cachorro ao centro de adoção. Fernanda chorou tanto que teve de sair no meio do processo. Me despedi de Rômulo para nunca mais tornar a vê-lo. Hoje, só o tenho em fotos e na tristeza de sua ausência. O que me consola um pouco é a certeza de que ele tem uma vida melhor.

Trouxemos todos os móveis, roupas, sapatos, livros, potes de tinta, pincéis e sei lá mais o quê de Fernanda para o meu apartamento. Seu estojo de maquiagem era algo impressionante, devia ter mais de quinze tipos de pincéis, pós de tudo quanto é cor, inúmeros apetrechos. Aos poucos ela foi organizando suas coisas em meu apartamento e decorando-o.

– O que tem dentro deste baú? – perguntei.

– Memórias. Fotos, lembranças... Coisas minhas.

– Um dia quero ver.

– Um dia eu mostro. Vem, me ajuda a trazer mais umas caixas pra depois a gente comer algo e descansar.

Subi ao apartamento dela pela última vez, dei uma conferida no banheiro para ver se ela havia esquecido algo. Num armário encontrei uma vela de sete dias acesa e um monte de santinhos e anjinhos em volta. Ela me havia dito que não tinha crença, mas pelo visto tinha grande inclinação para oferendas. Ri sozinho.

Ao final da mudança estávamos exaustos. Fizemos tudo numa noite só. Fernanda já fazia planos para comprar mais alguns móveis, cadeiras, taças de vinho etc. Era uma consumista nata. Raramente a via chegar da rua sem ter comprado alguma coisa qualquer. Ela já havia me dado de presente algumas peças de roupas caras e um *blazer* de couro de ovelha que custara uma pequena fortuna.

– Vamos pintar esse apartamento.

– Pintar? O que tem de errado com essa cor? Tá tudo branquinho, bacana.

– Estou pensando num esquema de cores que vai ficar demais!

Preparei-me para árduas semanas de trabalho.

– E vamos comprar umas coisas para fazer meu *closet*, não posso viver sem um *closet* para mim.

Árduas semanas de trabalho...

36

Nunca havia pintado uma parede antes, mas até que estava me saindo bem. Tinha em meu imaginário a famosa trepada sujo de tinta em meio ao apartamento forrado de jornal. Não rolou, somente a parte sujo de tinta.

De pé na escadinha, terminando de pintar a primeira parte do apartamento, escutava Aldir Blanc: "Foi amor de trapaça e de tara, de beijo na nuca, de tapa na cara. Andei meio louca sem ser maltratada. Parei com esse vício, mas quase morri. Hoje, somente se bebo o dia seguinte pode me afetar – é que a secura me lembra teu jeito de amar".

– Tira essa música, por favor.

– Por quê? Faz lembrar o seu namorado jornalista carioca?

– Como tu sabe?

– Já devia estar acostumada comigo a essa altura. Imaginava que você estivesse pensando nele com essa letra.

– Eu acho que ele vivia ouvindo esse cara aí também. Tira, por favor?

– Não.

– Guri, tu quer que eu fique pensando nele? Eu posso passar horas.

Troquei de música, coloquei logo um Leonard Cohen.

– Esse sujeito realmente marcou sua vida, hein? Não posso nem mais ouvir Aldir em paz.

– Marcou, e muito.

Morria de curiosidade em saber quem era a figura, mas ela se recusava a falar, dizia que era famoso demais, que não queria expô-lo. Ah, esse também que se dane.

Demoramos quatro dias para pintar o apartamento inteiro e estávamos praticamente sem sair de lá durante esse tempo. O frio começava a voltar, o sol não aparecia com tanta frequência.

De madrugada, com o colchão ainda no meio da sala, nós dois acordados, resolvo dar uma volta e ir até o mercadinho da esquina. Kim, coreano dono do lugar, gostava muito de nós. Eu sempre ia até lá no meio da madrugada para comprar alguma coisa, nem que fosse só uma daquelas pequenas garrafas de vidro de coca-cola enterradas no gelo na porta de entrada.

– Deibi, você é o único que bebe essa coca-cola nesse frio.

– Nem pense em tirar daí!

– Como está *miss* Fernanda?

– Está bem, Li. Resolveu ficar em casa hoje, acabamos de pintar todo o apartamento. Deu um baita trabalho, mas valeu a pena.

– Pegue estes bombons para ela, eu sei que ela gosta.

De fato, Fernanda gostava de comer tranqueiras a rodo. Ela não engordava um grama, eu já havia ganhado alguns quilos.

– Você é muito gentil, Li, ela vai gostar. Vou ali fora montar um buquê de flores, você sabe como ela ama flores.

Quase sempre que ia a esse mercadinho eu trazia flores para Fernanda. Ela sempre me enchia de beijos. Entro no apartamento com o buquê atrás das costas. Ela estava mandando mensagens de texto. Perguntei para quem era:

– Um amigo *gay* tá me enchendo pra comprar uns produtos de beleza.

– Amigo *gay* vendendo produto de beleza a esta hora?

– Ai, guri, ele tentou me ligar o dia inteiro e não atendi, tô só respondendo a mensagem.

– Agora todos os seus amigos viraram *gay*, é? Assim fica fácil.

Certa manhã, eu havia acordado com Fê ouvindo uma mensagem no celular. Comentei que, pela voz do cara, certamente de meia-idade, ele estava perdidamente apaixonado por ela. A resposta foi que eu estava "viajando". Insisti. Aos poucos, concordou que o sujeito estava apaixonado. Continuei firme no assunto até que ela revelou que quase todos os seus amigos e até mesmo algumas amigas também eram apaixonados por ela. Não forcei mais, sabia que estava navegando em águas turbulentas – e o barquinho, se não souber respeitar o mar, se estropia inteiro. Apenas observei que aquilo não podia ser chamado de amizade, que sustentar aquele tipo de relação só levaria a mais ilusão e mágoa do outro.

– Deixa de ser bobo, o guri só quer me vender produtos de beleza.

– Bobo, é? Tá bom, então não vai ganhar presente.

– Presente? Que presente? – pergunta animada que nem uma criança.

– Não vai ganhar, ué, volta a falar com seu amigo, volta.

– O que tu tem atrás das costas?

Mostrei.

– Uau! Que lindas! Não acredito que você trouxe flores tão lindas! Te amo! – ela pula do sofá e vem me abraçar e beijar.

– E o Li te mandou estes bombons também.

– Ai, ele é um amor. Que coisa querida!

– Você que é uma coisa querida.

– Obrigada por me aguentar, guri. Eu sei que sou difícil, mas até que tu sabe muito bem lidar comigo. Nunca vi, sabe direitinho o que falar e fazer pra me fazer sentir bem.

– Vale a pena por você.

– Tu é meu homem, sabia?

37

Puxo seu cabelo para trás e gozo em sua cara. Cerra os lábios e fecha os olhos. Gozo, mas não me contento:

– Ei! Que isso? Vai fechar a boca dessa forma comigo?

– Eu já te deixo fazer muito. Se eu sinto gosto de porra, eu vomito. Quer que eu vomite? Em geral, quando o cara vai gozar eu faço assim.

Então, Fernanda simula masturbar um cara deitado de costas, enquanto ela se afastava do corpo dele, olhando com cara de nojo. Achei bem esquisito, notei uma estranha semelhança com uma dessas massagistas que tocam uma punhetinha no final.

– Mas eu sou o homem da sua vida, não sou qualquer um.

– Homem da minha vida? Se liga. Você não é o homem da minha vida, eu nunca disse isso. Quem tu pensa que é?

– Você disse outro dia!

– Ah, eu disse que tu era meu homem, mas não o homem da minha vida. Jamais diria isso.

– É a mesma coisa.

– Não, não é. Guri, eu deixo gozarem na minha cara, no meu cabelo, adoro tomar banho de porra. Só não pode na minha boca, *ok*?

Ela se levanta e vai se limpar. Chocado pela diferença abissal que ela acabara de criar entre "meu homem" e "homem da minha vida", desço de minha cama e, entristecido, deito no sofá. Bingo, que havia sido castrado e agora andava bastante tolerável, pula em cima de mim como de costume e se ajeita em minha barriga.

– Estou ficando com ciúmes dos dois. Ele gosta mais de ti do que de mim!

– O que eu posso fazer se sou mais legal?

– Bingo, sai daí, Bingo!

– Deixa o bicho, Fernanda.

– Os dois juntos são a coisa mais fofa, mas ele nem liga mais pra mim, Davi. Tu sai pra faculdade, ele fica atrás da porta desolado, o coitado.

– Vem cá do nosso lado, então, fica com a gente.

Ela expulsa o Bingo, que volta e se acomoda aos meus pés, e se deita ao meu lado. Senti que aquele podia ser o momento de questioná-la sobre algo que vinha me intrigando, especialmente depois de uma história que ela havia contado sobre uma sala de bilhar com pé-direito alto, no apartamento de seu pai, com estantes repletas de uísque cobrindo as quatro paredes até o teto:

– Fê, e a história da herança de seu pai, como anda?

– Tá complicado, estamos com advogados vendo tudo. Mas a grana já já chega.

– Você disse que seu pai era dono de uma empresa de transporte público em Porto Alegre, né?

– Sim, mas ele tinha um monte de outros negócios também.

Eu havia pesquisado sobre a tal empresa que teria o pai dela como dono, e descobri que era controlada pelo governo local há mais de cinquenta anos.

– Escuta, mas a empresa é do governo havia mais de cinquenta anos.

– Sim, mas ele era um dos donos, sim. Ele tinha muitas outras coisas também. Te contei que uma vez teve uma greve e tacaram uma bomba na minha casa?

– Contou. E você disse que ainda bem que a casa é bem distante do muro, se não poderia ter machucado você ou alguém no jardim, não é?

– O muro é distante? Não. O muro é bem perto. Eu dei sorte mesmo!

– Ué, mas você disse que a sua casa era tão grande que tinha que ir de carro até a porta.

– Eu disse isso? Não, minha casa não é assim não, acho que tu tá com a memória errada.

– Minha memória não falha nunca. É impecável. E foi isso que você disse.

– Bom, dessa vez falhou.

Ela trata de mudar de assunto rapidamente.

– Pancetta, vamos chamar seus pais pra passar o Natal e o Ano-Novo com a gente?

– Até que é uma boa ideia. Minha mãe só veio para Nova York quando eu me mudei para cá, e meu pai também só veio uma vez. Seria muito bom tê-los por perto.

– Ai, guri, eu amo seu pai, sabia? Ele é demais! Sua mãe também é uma querida!

– Eles gostam muito de você também.

Entramos os dois no Skype e fizemos o convite. Fernanda e eu propusemos passar o Natal em Nova York e, depois, ir de trem até Nova Orleans, onde passaríamos o Ano-Novo. Meu pai, como sempre, relutou um pouco, mas eles gostaram da ideia.

Naquela noite preparei um ossobuco que, como outros pratos, remeteu Fernanda à sua infância. Dessa vez, ela chorou enquanto comia. Tomávamos uma Nardini quando ela me disse, sonhadoramente:

– Pancetta, tô vendo meu dedo aqui sem uma coisa... Tá fazendo falta...

– Fazendo falta?

– Ah, não sei, né... Ninguém me pede em casamento...

– Quer que eu te peça em casamento?

– Ah, eu aceitaria.

– É mesmo?

– Não sei, né... Tô vendo meu dedo sem um anel seu...

38

Na tarde seguinte, finalmente terminei o *closet* de Fernanda. Tive um baita trabalho pra deixar tudo do jeito que ela queria, fiz inúmeros buracos na parede, meti pregos e parafusos. Ela já andava um tanto estressada, histérica com a demora, brigava comigo para apressar dizendo que precisava de privacidade, um espaço só dela.

Quando chegou da rua e viu o serviço, mostrou-se contente e se pôs a arrumar suas coisas com entusiasmo. No entanto, interrompe a tarefa e se volta para mim com ar preocupado:

– Davi, eu quero te pedir uma coisa.

– Mais um gaveteiro?

– Não, guri, o *closet* ficou perfeito. Tu é um amor! Mas é que algumas coisas estão rolando e, se a gente não mudar, não sei o que pode acontecer.

Ela se queixava que não dava para eu ficar tanto tempo em casa. Eu vivia cabulando aulas, gostava de ficar no apartamento lendo, assistindo filmes, curtindo um dia vadio. Ela também faltava às aulas, volta e meia acabávamos ficando os dois no apartamento. Supostamente, eu deveria inventar alguma coisa que me mantivesse fora por "pelo menos umas cinco horas, no mínimo três vezes por semana".

Obviamente, fui contra. A briga começou. Ela afirmou que eu tinha, sim, de deixá-la livre; eu disse que sua proposta era até ofensiva. Com a voz alterada, ela retrucou que era aquilo ou nada. Já desgastado com aquela histeria cíclica, também levantei a voz, o que a fez partir pra cima de mim. Eu, já experiente, segurei seus punhos no ar.

– EU VOU CHAMAR A POLÍCIA E DIZER QUE TU ME BATEU!

– EU TE BATI? NÃO INVENTA! CHAMA ENTÃO, CARALHO!

– SEU FILHO DA PUTA, SAI DA MINHA CASA AGORA MESMO! VOU CHAMAR A POLÍCIA SE TU NÃO SAIR!

– De *sua* casa? Você está me expulsando do meu próprio apartamento!

– Não é mais teu, é meu também! Cai fora!

– Com todo o prazer. Deixa eu só pegar algumas coisas.

Ela permanecia parada ao lado da porta aberta bufando de raiva. Eu pretendia passar longas horas no estúdio de música de minha faculdade, esfriando a cabeça.

– Pra onde você vai?

– Não interessa.

– Tu vai pra casa de outra mulher, né? Escuta aqui, se eu souber que você foi encontrar outra mulher, eu te mato!

– Se liga, Fernanda.

– Se liga o quê, seu filho da mãe? CAI FORA!

– Já disse que estou saindo.

– ENTÃO VAI!

Já era noite quando cheguei ao *campus* de minha faculdade no Harlem. A região não é das mais agradáveis e seguras de se andar, apesar das tentativas do Poder Público em afirmar o contrário. Volta e meia eu via diversos cubanos juntos, com aquela manjada pinta de quadrilha, e alguns outros sujeitos mal-encarados. Eu, branquelo que ia de gravata e chapéu para a faculdade, podia bem ser alvo de uma tentativa de enriquecimento forçado. Notava que quando eu ia de panamá para a faculdade os velhos cubanos babavam de inveja.

Já no estúdio, são e salvo, tinha certeza de que ela iria me ligar algumas vezes. Provavelmente brava na primeira vez, mais calma na segunda, arrependida na terceira e pedindo perdão daí pra frente. Jurei a mim mesmo que não iria atendê-la.

Mixando algumas bobagens para a faculdade nas avançadas instalações que o professor não conseguia operar direito – eu vivia tendo de socorrê-lo –, num estúdio que permitia ouvir perfeitamente a música vinda dos outros estúdios, meu celular não parava de tocar. Mensagens de texto vinham aos montes: que ela estava arrependida, que queria saber onde eu estava, que estava chovendo, que tinha ficado com pena de ter me expulsado de casa.

Comecei a arquitetar como cairia fora daquela mulher. Não seria fácil. Ela estava morando em meu apartamento e não sairia da minha vida facilmente. Isso já havia ficado bem claro.

Umas quatro e tanto da manhã bateu o cansaço e resolvi voltar para casa. Os portões da faculdade estavam fechados, não havia viva-alma no *campus*. A rua também estava deserta. Os prédios marrons de tijolos expostos com as escadas de incêndio pretas, escancaradas, não conseguiam, por detrás da aparente sobriedade, esconder a pobreza e precariedade das quais o Harlem ainda padece.

Nova York é rica e funciona muito bem da altura da ponta do Central Park para baixo até a pontinha da ilha. Com exceção de um ou outro núcleo nos arredores, os números de estupro, assalto a pessoas e domicílios, bem como assassinatos, são altos. Além do mais, certamente há muitas coisas que não entram para as estatísticas. Afinal, os crimes perfeitos são aqueles que nunca aconteceram.

Três sujeitos encapuzados do tamanho de geladeiras abertas andam em minha direção. Atravesso a rua, eles também. Caminho tentando evitar qualquer contato. Quando estão bem próximos a mim, um táxi passa e faço sinal.

É indescritível a energia desta cidade de madrugada. A sensação nítida é de que algo bem podre cozinha lentamente numa gigantesca panela de pressão. São muitas ambições esmagadas, muitos sonhos destruídos, muita gente buscando uma vida melhor numa máquina de produzir tentações, vícios e inveja.

Quem já caminhou pelos miolos de Chinatown às três da manhã e viu as luzes vermelhas dos diminutos apartamentos, sentiu cheiro de couro queimado, parou para observar as portas de aço reforçado com um carrão parado à porta, sabe do que estou falando. É aterrorizante pensar o que acontece por trás de portas fechadas em Nova York. Eu que não queria estar na pele de um imigrante ilegal numa dessas salas fechadas.

Fernanda já havia me dito que tinha ido a alguns clubes secretos em Manhattan com um dos caras com quem tinha tido um rolo anos atrás, bem como com outro namorado, na França, a uma dessas festas de fodelança em mansões nos subúrbios. "É o que mais tem nesse mundo", completava.

Quando cheguei, ela dormia profundamente. Me meti debaixo do chuveiro. A água caía pesada. Só conseguia pensar em como sairia daquela merda em que havia me colocado. Achei que o melhor seria simplesmente conversar com Fernanda e abrir o jogo, que não daria certo viver com ela. Afinal, ela própria já havia dito que não funcionaria por causa da diferença de idade, de suas loucuras etc. e tal.

O ataque histérico foi forte e alto, com direito a enfiar-se num canto de seu *closet* aos prantos, no chão, agarrando meus pés e pedindo pelo amor de Deus que eu não a abandonasse. Não consegui deixá-la naquele estado. Resolvi dar mais uma chance – mas estava mesmo era ganhando tempo para ver se conseguia bolar um plano mais eficiente.

39

Num cair de tarde, analisando os quadros das paredes do apartamento, notei que a assinatura num deles, originalmente de Brian, tinha sido coberta de tinta preta.

– Ei, o que aconteceu aqui?

– Tu disse uma vez que não gostava de ter um quadro assinado por Brian, não é? Então, pintei por cima.

– Mas esse quadro é seu ou dele?

– Meu.

– Então por que ele assinou?

– Foi uma brincadeira que a gente fez. Já fizemos isso antes, a gente sempre troca as assinaturas. Fica melhor assim?

– Pra falar a verdade, fica.

– Aliás, montei meu portfólio dos quadros, quer ver?

Ela me mostra algumas fotos de quadros:

– Tem alguns de Brian no meio.

– Parecem da mesma pessoa.

– Ele que me copia!

– Este aqui é seu, por exemplo?

– Não, esse é do Brian.

– Uau, parece que é o mesmo pintor.

– Tô falando, ele copiou meu estilo!

Achei esquisita a história, mas vá lá, ela não estaria mentindo a respeito de uma coisa daquelas.

Naquela noite, Fernanda disse que queria ver comigo um de seus filmes favoritos, *Belle de Jour*, que ela dizia assistir simplesmente hipnotizada, o filme que mais tinha a ver com ela. Um filme sobre uma mulher da alta sociedade que começa a se prostituir por prazer? Não parecia nada com a Fernanda. Porém, assim como a personagem do filme de Buñuel, Fê sentia tesão quando a tratava mal na hora do sexo.

Gostava que eu a rebaixasse a um nível bem baixo, que a chamasse de vagabunda, que falasse que ela não valia nada, que era apenas um buraco para encher de porra. Tínhamos nossos momentos de transas, digamos, românticas, mas ela realmente gozava e ia à loucura da outra maneira.

Numa tarde, havíamos acabado de ver um filme chamado *O balão vermelho* e eu estava chorando. Às vezes tenho acessos de choro nos filmes. Fernanda me olhava emocionada.

– Te amo, Davi.

Minha resposta já não saía tão espontaneamente, mas bem que eu queria sentir o meu amor por ela na mesma intensidade de antes:

– Te amo, Fê.

– Não gostei!

– Te *amo*, Fê.

– Agora, sim. Sabe, tu é mesmo o homem da minha vida.

Acabamos por passar o resto da semana vendo filmes e séries de TV no computador, passeando pelas ruas à noite. Eu tentava esquecer os problemas que tivemos e parecia mesmo que as coisas estavam bem. Até que algumas feridas começaram a aparecer em volta do meu pau.

40

– Isto me parece ser HPV.

– Mas doutor, não é possível. Fui operado há poucos meses, não tenho nada.

– Não quero acusar ninguém, nem me meter no meio, mas de alguém você pegou. E se diz que só transou com sua namorada, bem, pegou dela, de alguma forma.

– Mas ela jura que nunca me traiu.

– Bem, se você tem tanta certeza assim... Não é incomum que a pessoa tenha contraído o vírus e nem se dá conta disso.

– E o que eu devo fazer?

– Vamos marcar a cirurgia.

Pensei que o médico pudesse só estar querendo me tungar uma grana, resolvi esperar pra conversar com o doutor Eduardo, que havia me operado. No entanto, só de pensar na possibilidade de HPV fiquei emputecido. Pensava em como poderia contar para Fernanda a respeito, de tal maneira que não a acusasse diretamente, mas mostrando que não teria outra explicação. Com tanta insegurança ao longo do caminho, já não acharia muito estranho que ela tivesse me traído. O sangue me subia à cabeça enquanto eu pegava o táxi rumo ao apartamento.

Fernanda ainda não tinha saído para a faculdade:

– Escuta, estive no médico hoje.

– Sim, eu sei, e aí?

– Então, quando eu fiz aquela operação, o médico mandou analisar todo o tecido retirado, e não constataram nenhuma anormalidade, nenhuma doença, entende? Eu não transei com ninguém mais durante esse tempo todo.

– O que tu tá querendo me dizer?

– O médico acha que é HPV. Já queria marcar a operação.

– HPV? Mas como?

– Era justamente isso o que eu queria te perguntar. Ele disse que seria possível, mas pouco provável que eu tivesse HPV incubado antes da operação. Então, seria um caso raríssimo de que eu teria te passado a doença antes de operar e pego de novo por causa das lesões normais de uma operação no pau.

– Está querendo insinuar que *eu* te passei isso?

– Bem, eu não peguei do ar.

Ela muda o tom, quase aos gritos:

– Tá me chamando de puta? Tá falando que sou uma doente desgraçada?

Procuro manter a calma, como de costume:

– Veja bem, pode ser que eu tenha te passado, mas é difícil.

– SEU CRETINO! TÁ ME ACUSANDO DO QUÊ, SEU INFELIZ? QUER DIZER QUE EU TAMBÉM TENHO ISSO AÍ?

– Estou querendo dizer que você me passou, mas não necessariamente que me traiu.

– ESTÁ QUERENDO DIZER QUE EU TE TRAÍ, SEU DESGRAÇADO?

– Escuta, se acalma. Ele disse que é possível que você tenha essa doença há muito tempo, antes mesmo de me conhecer. Existem casos em que a doença fica anos incubada.

– TÁ ME DIZENDO QUE SOU UMA DOENTE? UMA PUTA? EU NÃO TE PASSEI MERDA NENHUMA, DESGRAÇADO! TU QUE ME PASSOU ISSO E TÁ JOGANDO A CULPA EM MIM!

– Escuta, só pode ter sido você.

Fernanda se dirige para a cozinha.

– MALDITO! CAFAJESTE! É ISSO QUE TU ACHAS DE MIM? QUE EU SOU UMA PUTA? UMA PUTA CHEIA DE DOENÇAS?

Ela pega um prato na mão e arremessa no chão. Mais uma briga daquelas. Já se tornara um ciclo infernal.

Preocupado com os vizinhos, arrasto Fernanda para dentro do *closet* e fecho a porta. Como sempre, demorou um bocado até se acalmar.

– Mas eu juro, juro, juro por minha mãe morta que nunca te traí.

– *Ok*, eu nunca disse que você me traiu. Eu também não te traí, nunca nem encostei em outra mulher desde que passamos a namorar.

Pensei que se ela estivesse mentindo com a mesma cara de pau que eu, o que seria da verdade?

– Eu posso até entender que você tenha se sentido acusada, mas não podia agir assim, não. Não vai dar certo.

– O que não vai dar certo?

– A gente. A gente não vai dar certo se você continuar assim.

– Eu juro que vou mudar. Já mudei tanto contigo... Eu era impossível antes, tu não tem ideia de como me mudou, como tu me faz uma pessoa melhor, Davi... Por favor, não desiste de mim.

– Não vou desistir, mas você também tem que me ajudar.

41

Enviei fotos das feridas ao meu médico em São Paulo. Ele me respondeu que poderia ser HPV, mas, por foto, era inconclusivo. Acontece que, depois de poucos dias, da mesma forma inesperada com que apareceram, as feridas sumiram. Eu não podia ter ficado mais feliz, Fernanda também. Meu médico não entendeu nada e, num *e-mail* bem humorado, escreveu que nunca tinha visto um caso em que lesões como aquelas voltassem ao normal. "Milagres acontecem", respondi.

No finalzinho de novembro, Fernanda veio finalmente com a notícia de que havia começado a visitar um psiquiatra "muito bom, um velhinho que sabe tudo". Dessa vez não haveria milagres, pensei em responder.

Seguíamos, no entanto, nossa rotina. Começamos a comprar as passagens de avião e de trem e a reservar os hotéis. Achamos um em Nova York do lado de casa, onde meus pais ficariam, e uma pousada bacana em Nova Orleans.

– Vai ser demais! Amo seus pais! – dizia Fernanda pulando de alegria.

Meus pais também me pareciam animados, ainda mais que eu sustentava a pose de que tudo estava ótimo entre Fê e eu. A relação, na verdade, estava por um fio, extremamente instável: eu já não tinha nenhum ânimo para tentar resgatar o que quer que fosse daquilo. Não podia me deixar afetar por aquela loucura cada vez mais explícita.

Certa noite, entre uma baforada e outra do meu charuto, observando-a enquanto estávamos deitados um de frente ao outro após um jantar em casa, tive um estalo:

– Um dia vou escrever um livro sobre você, Fernanda.

– Como assim?

– Um livro, vou escrever um livro sobre você. Pode ser que demore alguns anos, quando eu tiver quarenta, sei lá, mas vou escrever um livro sobre você.

– Jura?

– Mas não vai ser uma história romanceada, que nem esses jornalistas cariocas devem ter escrito.

– É, já escreveram alguns contos sobre mim. Contos eróticos, principalmente – disse ela num tom orgulhoso.

– Imaginei. Mas então, não vai ser romanceado, não. Vou escrever sobre quem você é realmente, nua e crua.

– Nossa, assim eu me assusto! – disse ela rindo.

– Um dia você vai se encontrar numa livraria. Pode esperar.

– Vou adorar.

– Não sei se vai gostar, não.

– Mas o que tu escreveria?

– Você lerá...

Ouvíamos o final de *Dido e Enéas*, que seguia com Jessye Norman cantando: "*Quando eu estiver deitada em terra, que meus males não criem pesares em seu peito, lembre-se de mim, mas, oh! Esqueça meu destino*".

42

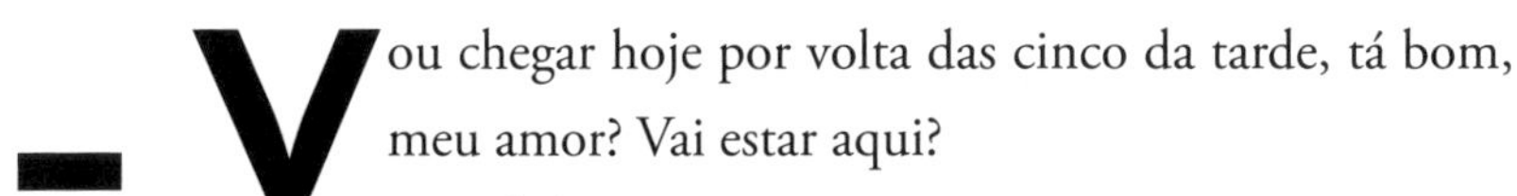

ou chegar hoje por volta das cinco da tarde, tá bom, meu amor? Vai estar aqui?

– Acho que sim.

– Faz uma sopa bem gostosa pra gente hoje à noite? Vou ver uma amiga minha que, nossa, ela me cansa, não aguento mais.

– Por quê?

– Ah, sabe essas pessoas que sempre têm alguma coisa que é pior que a sua, que tudo que é doença alguém da família já teve, tudo o que é presente já ganhou um melhor?

– Sim, sei bem. Sua amiga parece ser uma mentirosa compulsiva.

– Como assim?

– Por alguma vergonha na vida da pessoa, algo que ela não quer que os outros saibam e tal, a pessoa começa a mentir compulsivamente, a inventar um mundo onde se sinta melhor.

– Mentirosa compulsiva? – ela me olha com uma cara como se eu tivesse acabado de falar dela própria. Fiz de propósito, havia pesquisado a respeito – Bom, vamos ver o que a minha amiga tem pra dizer.

Às seis horas eu ligo, ela não atende. Depois de meia hora, ela retorna. Percebo logo que se trata de um ambiente com pouquíssima reverberação, silencioso, como se estivesse num quarto ou algo do tipo:

– De onde você está falando?

– Estou num café, na fila do banheiro.

– Na fila de um banheiro? Não, você não está.

– Como assim não estou, Pancetta?

– Não tem reverberação alguma e está muito silencioso. Onde você está?

– Ai, guri! Tu tem razão, estou num quarto de hotel dando pra outro.

– Numa dessas parece que você não está. Enfim, e aí? Você disse que ia chegar aqui há um tempão.

– Me desculpa, mas realmente não via essa minha amiga há muito tempo, acabei de tomar um café com ela aqui na 20 e estou indo para casa ficar contigo! Faz nossa sopa, bem gostosa!

– *Ok*, tô esperando.

Às oito da noite ela ainda não havia chegado. Liguei de novo.

– E aí, onde você está?

– Tô aqui na rua.

– Ainda?

– Ai, guri, como tu é enxerido!

– Ué, quero saber onde está você, já que você disse que estava vindo pra cá.

– Já estou saindo, estou aqui com minha amiga.

Quase meia-noite ela chega.

– Uau! Nunca vi ninguém demorar tanto entre a 20 e a 78.

– Ah, é que eu vim de ônibus, né.

– Nenhum ônibus demora cinco horas pra chegar até aqui.

– Ah, é que minha amiga não me deixava sair!

– Tá, supondo que isto durou meia hora, você ainda tem quatro horas e meia pra me explicar.

– Ai, guri, ela me levou numa loja de *lingerie*, lembra que eu disse que ela queria me comprar umas?

– Loja de *lingerie*? Sim, lembro que você disse que ela tinha um baita tesão em você. *Ok*, isso aí dá mais uma hora, se tanto. E o resto das três horas e meia?

– Ai, guri, eu não queria te falar, mas acabei passando no meu psiquiatra.

– Seu psiquiatra? Como assim?

– Ah, eu não tava me sentindo bem, telefonei e pedi um horário.

– E você quer que eu acredite que um psiquiatra, tão bom e ocupado como você diz, vai ter horário assim que você liga pra ele?

– Ah, ele é meio estranho comigo... Acho que ele meio que se apaixonou por mim.

– O quê?

– Sei lá, ele veio com uns papos, que se eu precisasse de algum lugar pra ficar poderia usar um apartamento que ele tem, mas que está sempre fechado.

– Que estranho! Mas e aí, você chegou no psiquiatra, deve ter ficado uma hora e pouco, depois pegou um ônibus que demorou, vejamos, umas duas horas para chegar aqui?

– Foi. Tava um baita trânsito. E eu ainda passei numa loja pra comprar umas coisas aqui pra casa – disse ela apontando para as sacolas.

Acontece que eu acabava de me dar conta de haver preparado, sem querer, em meu nervosismo, uma armadilha para Fernanda: minhas contas das horas de atraso estavam erradas. Ocupada em ocultar algo, ela não percebeu meu equívoco e tentara justificar-se.

43

Dia 3 de dezembro. Sozinho em casa, resolvo fazer uma busca nas coisas de Fernanda. A certeza de que ela mentia era muito mais forte do que qualquer sentimento moral que eu pudesse ter em relação ao respeito que lhe devia. Dessa vez, não agi num impulso, como da vez em que li seus *e-mails* – agi a sangue-frio.

Mexo em tudo quanto é gaveta do *closet*, vasculho tudo quanto é canto. Encontro algumas poucas coisas estranhas, mas nada demais; fotos dela com algumas amigas, um papel de orçamento para fazer botox, um bilhetinho de amor de Brian que parecia antigo.

Me dirijo ao baú, que ficava ao lado de minha escrivaninha com o computador. Encontro diários, um monte de documentos, uma caixa de joias da Tiffany vazia, uma máscara de carnaval de Veneza.

Leio rápida e espaçadamente alguns trechos dos diários, começados quando ela vivia em São Paulo, portanto quando tinha mais ou menos 22 anos de idade. Pelo que li, ela tinha se apaixonado algumas vezes por uns caras que aparentemente não queriam nada com ela. Fernanda deixava bem claro que sabia como conquistar um homem, mas eles sempre acabavam deixando-a. Noto a infantilidade da linguagem e certa ingenuidade nas observações. Parecia o diário de uma garota de quinze anos de idade, não se coadunava com uma mulher adulta com muito boa cultura geral. De qualquer forma, eram anotações precisas que deixavam entrever que, por mais que ela escondesse alguma coisa de si mesma, uma hora ou outra deixaria escapar algo.

Passei três horas na empreitada, não encontrando nada de excepcional. Sabendo o quanto ela era obsessiva por organização, tive o cuidado de deixar tudo precisamente como eu havia encontrado.

Então, me pus a rememorar algumas de suas manias até me fixar naquela em que, quando ela chegava em casa, já ia passando por toda a roupa o rolinho de papel colante destacável para tirar pelo. Ela dizia que tinha pavor de cabelo e pelos. Também refiz algumas contas e, pelos meus cálculos, sua história de vida era cheia de contradições. Ela não teria tido tempo de fazer todas aquelas viagens, ter morado por tanto tempo na Europa e ainda assim ter se formado em pedagogia em Porto Alegre e em teatro em São Paulo.

Nisso ela chega.

– Meu amor! Bingo! Pancetta!

– E aí, tudo bom?

– Não vai me dar um beijo?

– Claro que vou.

– Agora sim.

Sem delongas, ataco:

– Escuta, você por acaso já pensou em fazer botox?

– Eu? Credo! Nunca.

– Jura? Nem nunca fez um orçamentozinho?

– Nunca. Por quê? Acha que preciso? – ela ri.

– De forma alguma!

– Mas por quê?

– Ah, minha mãe quer fazer, só queria ter uma ideia de preço.

44

Observei que seus tiques nervosos haviam piorado muito. Deitado ao seu lado, cheguei a contar que mais ou menos de três em três segundos ela abria e fechava a boca como se alongasse e tentasse estalar o maxilar, ou então jogava a cabeça de um lado para o outro, tentando estalar o pescoço. Aqueles tiques começaram a me dar uma enorme aflição. Ela não estava nada bem. Afinal, com quem eu estava vivendo?

Não suportando mais o clima, resolvo acabar de vez com aquela relação. Comunico isso num tom de voz o mais sereno possível. Mas sua reação foi mais uma vez de ataque histérico, agora me chantageando com a história de que dividíamos o apartamento, explicitando que não sairia dali de forma alguma. Berrava e se jogava no chão, implorando para que eu não a deixasse.

– Eu quero morrer! Eu quero morrer!

Poucos teriam coragem de abandonar uma mulher num estado daqueles. Aceitei a situação, com a certeza de que dessa vez seria provisória, e me fixei na busca de uma resposta para minhas inquietações. Na quinta-feira, dia 11 de dezembro, depois que Fernanda saiu para seu curso de pós-graduação, fui atrás de algo mais do que seus diários.

No baú, descubro uma caderneta com o título *My bitches*. Minhas putas? Parecia uma agendinha de nomes de mulheres que alguns homens usam, mas de propriedade de uma mulher? Reconheci vários nomes, alguns até de ouvir Fernanda mencionar ao telefone. Ao lado de cada nome havia um número: 3, 8, 4, 10, 20. Não entendi o significado daquilo. Avaliação de trepadas de zero a vinte? Bem, tudo era possível com aquela mulher que não batia bem da cabeça.

Deixei a agenda de lado e fui dar uma olhada num porta-cartões de visitas. Todos do Brasil, a grande maioria de São Paulo. A maior parte de executivos, diretores de banco e por aí a fora. Ela chegou a me dizer que sempre ficou e namorou com esse tipo de homem e já havia me advertido que havia transado com muitos caras. Numa vida de quatro anos em São Paulo, para uma modelo linda que nem ela e completamente desequilibrada, não achei tão improvável.

No entanto, passando os olhos uma segunda vez pelos cartões, um me chamou especialmente a atenção: Gigi Models. "Gigi Models? Isso aqui é coisa de puta", pensei. O nome no cartão era Jiselda Oliveira. Fui no Google e digitei o tal nome.

O *link* que levava à *Wikipedia* dizia algo como: "Jiselda Oliveira, a Gigi, é considerada a maior cafetina que o Brasil já viu. Foi presa pela polícia federal numa megaoperação. Ela agenciava viagens para países árabes, Europa etc. Sua carteira de clientes incluía banqueiros, executivos, jogadores de futebol...". Minhas pernas tremeram, minha visão ficou turva por um momento.

Recuperei o ânimo e voltei a analisar os cartões. Na parte de trás de um deles o que parecia ser indicação de filmes, entre eles *Belle de jour*.

Continuei a vasculhar o baú, até que achei o seu cartão *composite*. No verso, uma foto de Fernanda de perfil, em corpo inteiro, de biquíni de oncinha e salto alto; ao lado, uma outra, linda, bem maquiada como sempre, vestindo uma regata e calcinha pretas; suas medidas completas e telefone celular. Na parte da frente, um generoso decote, seu rosto em destaque, olhar sedutor. No centro inferior, o nome: Victoria Blue.

Eu amei Victoria Blue. O choque foi tão grande, tão absurdo que comecei a rir histericamente. Não conseguia parar. Toda a máscara de Fernanda havia caído. Tudo. Sua pose, seus julgamentos, tudo, despencou tudo.

Consegui conter minhas gargalhadas a muito custo. Tinha de continuar a investigar, analisar novamente os diários e sua agenda. Compreendi então os números: todos tinham uma cifra embaixo; logo, deduzi que cada número era, na verdade, o preço que ela cobrava: 3 eram 300 dólares; 4 eram 400; 20 eram 2000.

Dois mil dólares. Algum imbecil pagava essa baita grana pra comê-la. Eu estava comendo de graça e não sabia. Esperava que pelo menos com os clientes ela trepasse pra valer, pois eu não pagaria dois mil dólares por Victoria. Fiz rapidamente algumas contas e constatei que havia deixado de gastar mais ou menos 800 mil dólares. “Espero que ela não me mande a conta”, resmunguei.

Em sua agenda, pude notar que ela trabalhava apenas durante o dia, nunca nos finais de semana, que fazia no máximo dez, doze programas por mês, levantando de oito a quinze mil dólares mensais. Seus clientes eram homens, mulheres e casais, nunca com sobrenome, apenas o primeiro nome ou apelido, e alguns comentários ao lado, do tipo “velhinho”, “rapidinho”, “querido”.

Já haviam se passado seis horas desde que eu começara a investigação naquele dia e estava cansado. Botei a coleira no Bingo e fomos até o cercado de cachorros do planetário Hayden. Dali, telefono para meu amigo Botelho, em São Paulo.

– Fala aí, Gordo! – ele continuava a me tratar pelo apelido de adolescência. – Beleza?

– Beleza, Botelho.

– Manda!

– Cara, não sei se choro ou se rio. Na verdade estou rindo, mas não sei se deveria.

– Qual é a merda da vez?

– Lembra que a gente conversou, alguns anos atrás, sobre a possibilidade de que, alguma vez, se é que já não teria acontecido, a gente comeria uma puta sem saber?

– Sim, lembro.

– Então, Fernanda é puta de luxo. Acabo de descobrir.

Rimos por um bom tempo sem conseguir falar nada, até que Botelho observou:

– Caralho, Jaqueta, essa merda só podia acontecer com você! Mas olha, cara, se fosse outro amigo eu ficaria preocupado, mas você vai ficar bem.

– Acho que sim.

– Mas como é que você descobriu?

Conto a história com detalhes.

– Olha, não queria falar nada, mas há umas duas semanas eu levantei essa hipótese tomando chope com o Nelson no Genésio.

– Pô, baseado em quê?

– Ex-modelo, trinta anos de idade, artista, diz que vive de herança e te encarava na cama, só podia ser puta! Mas e aí? O que você vai fazer agora? Não pode acabar com ela só porque é puta, tadinha. É claro que ela ia esconder uma coisa dessas de você.

– Mas ela não podia mentir por tanto tempo, né?, chegar a se mudar pro meu apartamento e tudo mais. A mulher queria casar comigo! Meus velhos estão vindo nos visitar, já estamos com as passagens compradas e os hotéis reservados, vou ter de cancelar tudo.

– Não vai terminar com ela!

– Não tem jeito, cara.

– Mas então temos que bolar alguma vingança.

– Vingança? Eu lá sou de fazer vingança?

– Alguma coisa você tem que fazer!

– Mas o quê?

– Não sei! Bola alguma coisa!

– Vou escrever um livro.

– Um livro?

– É, um livro contando a história toda. Vai se chamar *Eu Amei Victoria Blue.*

À noite, quando Fernanda chega, eu recomeço na gargalhada.

– Nossa guri, o que deu em ti?

– Em mim? Nada. O que deu em você? – eu ria escancaradamente.

– Tá maluco?

– Eu sou maluco, você é maluca, o mundo é maluco!

– Tá. Escuta, tu fez o que eu te pedi?

– Não.

Ela senta ao meu lado no sofá.

– Desculpa, eu sei que tô meio nervosa e tal... Vai passar.

Ela tenta me dar um beijo. Fico com um pouco de nojo em beijá-la, mas, enfim, nada que já não tivesse feito antes.

– Vou tomar um banho – diz Fernanda.

Ela passa o tal rolinho, entra no banheiro e fecha a porta. Vou até o lixo e observo os pelos no papel colante: pelos pubianos de outra pessoa.

Fernanda sai do banheiro e, numa espécie de acesso de raiva, a agarro bruscamente e trato de comê-la uma última vez.

– Isso putinha, dá bem gostoso pra mim, dá!

– Dou, dou bem gostoso!

– É disso que você gosta, né, sua puta?

– É, é disso mesmo.

Puxo seus cabelos e deixo seu rosto bem perto do meu, enquanto meto violentamente.

– Gosta né, sua puta? E quanto que você cobra?

– Quanto eu cobro? Mete mais, isso, mete mais!

– É, quanto você cobra? 300, 400 dólares?

– Pra você é de graça.

Meto mais um pouco e gozo.

– Nossa, meu amor, tu estava estranho hoje.

– Estranho? Imagina, sempre falo essas coisas pra você.

– É, verdade, mas não sei o que aconteceu contigo.

– Não aconteceu nada. Vem, vira aí que eu vou te comer de novo, sua puta.

45

No dia seguinte, assim que ela sai dizendo que ia para o curso de pós – que ironia aquela situação, agora que eu sabia de tudo – resolvo dar uma terceira investigada em suas coisas.

Fernanda havia mentido sobre todos os aspectos de sua vida. Seu nome de família não era Ayres Gusmão, mas Alves Gusmão; tinha 34 anos; parece que tinha uma irmã e não um irmão; não vivia numa "baita casa", seu pai nunca tinha sido dono de porra nenhuma; parece não ter sido casada; sua mãe era evidentemente uma pessoa pobre, uma vez que a filha lhe enviava dinheiro. Descobri também que a maioria dos caras que ligavam para ela eram clientes, inclusive o tal Kyle e o cara que eu achei estar apaixonado por ela. Pensei até mesmo se teria sido ela quem havia pintado aqueles quadros. Bem, toda e qualquer história que Fernanda me contou poderia bem ter sido invencionice.

Nessa tarefa, acabei por sentir medo, muito medo. Ela havia criado todo um mundo de mentiras e destruí-lo podia ser perigoso demais para mim.

No meu computador consegui achar um histórico de conversas nas quais ela, enquanto eu estava no Brasil, em julho, dizia para um amigo, se é que se tratava de um amigo, que estava trabalhando num bar como garçonete e morava num dormitório junto com outras meninas. Então tive a certeza de que ela tinha múltiplas personalidades, incontáveis personalidades.

Saio do apartamento e ligo para o meu padrinho, a única pessoa com experiência para me ajudar a sair dessa.

– Gerson, tudo bom?

– Tudo bom, meu querido! Fala.

– Sabe a Fernanda?

– Sim.

– Descobri que ela é uma puta de luxo.

– Acontece – esse é meu padrinho.

– Sério, ela é puta de luxo.

– Sim, sim, faz parte. Mas não deixa de ser uma merda. Um amigo meu já namorou uma puta também, mas não deu certo.

– Só que aí que tá, ela não parou por aí. Ela mentiu sobre tudo que se possa imaginar, inventou o nome do meio, idade, história pessoal, tudo.

– Puta que pariu! Literalmente.

– Que merda eu faço?

– Você tem que sair pra longe dessa mulher o mais rápido possível.

– Mas eu não posso contar pra ela que eu descobri tudo, se eu quebro o mundo que ela criou, pode ser perigoso. Eu não sei do que ela é capaz.

– Verdade. Vamos pensar num plano.

– Vamos.

– Já sei.

– Diga.

– Fala que você tem Aids e tem que vir pro Brasil.

Dou risada.

– Porra, Gerson, não posso fazer isso com ela.

– Caralho, depois do que ela fez com você? Foda-se!

– Não, cara, não vou falar que tenho Aids.

– Então, tá. Você consegue chorar quando quer? Se você ainda fosse criança, tentando não ir à aula, eu saberia dizer que sim.

– Acho que continuei com essa capacidade, sim.

– Se você conseguir chorar, ótimo; se não, tudo bem. Fala que você precisa de um tempo pra ficar sozinho, um tempo pra pensar melhor a respeito de sua vida, e que somente assim você pode voltar para ela. Mas deixa bem claro que o problema é você, que o problema está em você, e que tudo o que você precisa é de um tempo, pra daí voltar pra ela.

Botei o plano em ação.

– Tu não pode fazer isso comigo! Todos os meus sonhos, minhas esperanças! Seus pais estão vindo pra cá! TU NÃO PODE FAZER ISSO COMIGO! EU TE AMO, DAVI, EU TE AMO!

Ela berrava tanto que tive de tapar sua boca à força, já não tinha mais paciência para aquilo. Depois de alguns minutos ela se acalmou. O plano pareceu funcionar.

Resolvi foder com sua cabeça, já que ela tinha fodido com a minha por tanto tempo.

– Quero que você me deixe um quadro seu, aquele ali.

– O dia que eu te deixar um quadro meu, Davi, vai ser porque eu nunca mais vou voltar.

– Eu entendo.

– Está tudo acabado mesmo?

– Só preciso de um tempo para mim mesmo, preciso pensar na minha vida. Estou um tanto confuso.

– Está bem... Eu sei que sou difícil...

– Sabe, às vezes eu sinto que não sei nada de você.

– Como assim? Como assim não sabe nada de mim? Tu é a pessoa que mais sabe de mim, que mais me entendeu em toda minha vida!

– Acho que não. Aquele baú, por exemplo, você nunca mostrou o que tem dentro dele pra mim.

– Mas não tem nada demais ali. Eu mostro se tu quiser!

– Então mostra! Mostra tudo que tem ali!

– Mas, agora?

– Agora. Por que não?

– Ah sei lá, tem muita coisa...

– É, Fernanda, eu preciso mesmo de um tempo.

– Pelo amor de Deus, Davi, não me olha com esse olhar sem amor algum, sem nenhum carinho. Pelo amor de Deus, Davi, não faz isso comigo! Olha pra mim, sou eu, sou eu, Davi!

– Como que você quer que eu te olhe, Fernanda? Eu não te conheço. Acho que nem você se conhece.

– Do que tu tá falando? Sou eu! Olha pra mim! Olha pra mim, Davi!

– Fernanda, eu quero que você me responda se você foi a mulher mais sensata, a mais honesta, a melhor mulher do mundo comigo. Eu sei a resposta.

Ela demora um pouco, baixa a cabeça e responde:

– Não fui...

– Não? Mas eu achei que você tivesse sido! Eu sempre achei que você foi a mulher mais honesta, que sempre contou tudo pra mim, a melhor mulher possível! Por que não foi?

– Porque não te contei tudo sobre mim.

–Tudo o quê? Achei que soubesse tudo da sua vida!

– Não, tu não sabe.

– E o que é que eu não sei?

– Tu não vai entender.

– Vou sim, pode falar.

– Ah, são aquelas coisas que eu brigava com o Brian e com meus ex-namorados...

– Mas isso eu já sei, Fernanda. O que mais você nunca me contou?

Ela faz uma pausa e diz cabisbaixa:

– E se eu conheço alguém que fez algo errado?

– Errado? O que é errado pra você?

– Errado, quer dizer, que não é bom, que não é honesto. Mas é algo que essa pessoa fez, e que eu a ajudei. Isto me faz uma pessoa errada também?

Tratei de inventar alguma baboseira filosófica, uma ética superior, de modo a entrar no jogo dela, concluindo que o fato de uma amiga dela ter feito algo errado não faria dela uma pessoa errada.

– E então, o que essa pessoa fez?

– É uma amiga minha.

– O que essa amiga fez?

– Ela é garota de programa.

– É mesmo? E o que você é dela? Cafetina?

Ela riu.

– Não, não sou cafetina.

– E se eu fosse um garoto de programa?

– Tu?

– É. E se eu fosse?

– Tu é? – diz ela, sorridente.

– Não, não sou. Mas então, e sua amiga? O que é que você tem a ver com ela?

– Eu ajudei ela a mentir.

– Pra quem?

– Há mais ou menos oito, quer dizer, uns cinco meses ela conheceu um guri. Ela não queria se apaixonar, e achou que não fosse. Mas quando viu, era tarde demais. O guri fazia tudo pra ela... Era a coisa mais querida. Ela nunca amou ninguém daquele jeito. Daí, depois de um tempo, eles resolveram viver juntos. Ela disse que quer ter filhos, casar com ele e tudo mais! Resolveu até parar de fazer programas! E eu a ajudei a parar! Liguei para todos os clientes e disse que ela não ia mais atendê-los.

– E essa amiga fazia programas enquanto morava no mesmo apartamento que o namorado?

– Não, depois que ela se mudou não fez mais programas.

Obviamente, a tal amiga era a própria Fernanda, que era a própria Victoria. E eu bem sabia que ela não tinha parado de se prostituir depois que se mudou para o meu apartamento. Era uma mentira dentro da mentira, dentro da mentira, dentro da mentira.

– E ela contou tudo pro namorado dela?

– Não...

– E pretende contar?

– É difícil, ela não quer perdê-lo, ele não iria entender.

– Mas ela não pode fazer isso com ele.

– O que tu acha disso tudo?

– Eu acho que essa sua amiga é uma filha da puta.

Fernanda baixa a cabeça e começa a chorar.

– Nunca te contei dessa minha amiga porque eu não queria que tu pensasse isso dela.

Entre tantas mentiras, seu amor parecia sincero.

– E essa sua amiga, ela tem cafetão?

– Não, ela opera por intermédio de um agente, mas não tem cafetão, não.

– E ela veio para Nova York pra quê? Ganhar mais dinheiro?

– É, ela fala que aqui se paga bem mais, e em dólar, claro.

– E sua amiga conta que é difícil?

– É muito difícil. Nossa, eu mesma em São Paulo já tive que tirar uma outra amiga da cadeia. Uma outra se víciou em cocaína... Minha amiga tem vários problemas. Não é fácil.

– Fernanda, você é prostituta?

– Eu!? Imagina só! Acho que o dia que eu me prostituísse, seria meu fim, eu morreria por dentro.

– Você? Não acho, não. Acho que você se sairia muito bem.

– Nossa! Eu tenho tanta dignidade, tanto amor, tanta honra... Me vender por dinheiro seria minha morte!

– Seria nada.

– Sabe, Davi, no teatro, uma das primeiras lições que a gente aprende é a de que, no palco, quando tu diz "sim", cada fio de cabelo tem de dizer "sim", cada gota de suor tem de dizer "sim", cada parte de seu corpo tem de dizer "sim". Porque se o seu dedinho do pé, dentro do sapato, disser "não", alguém da plateia vai levantar e gritar: é mentira!

– Que mente, Fê, que mente você tem! Deviam estudar seu cérebro! Que maravilha!

– Nossa Davi, assim tu me assusta.

– Fernanda, pode falar, a amiga é você, não é?

– O quê? Tá achando que eu sou o quê? Tá me chamando de puta?

– Não, claro que não, só estou conversando.

Veio à lembrança a garota fina, culta, querida, carinhosa, bem humorada, uma mulher realmente bacana que era a Fernanda quando a conheci. Começo a chorar de verdade:

– Escuta, só te peço uma coisa, saia dessa merda de buraco em que você se meteu, Fernanda! Que bosta! Que bosta em que você se meteu!

– Do que tu está falando, Davi?

– De nada, Fernanda, de nada... Só cai fora dessa vida de merda.

Percebi que ela não iria de fato admitir. Talvez não admitisse isso nem para ela mesma. Continuei no jogo por mais umas oito horas, perguntando tudo sempre sob o artifício da "amiga". Não podia deixar de ser frio, qualquer descuido, uma construção de frase equivocada, e ela podia descobrir que eu sabia de tudo.

Já amanhecendo, ela vai ao banheiro. Sozinho, com minha mente completamente exausta, observo tudo o que fizemos juntos, cada pedaço da parede que pintamos, cada móvel, cada objeto. Tudo uma mentira, tudo uma grande mentira.

Quando ela sai do banheiro, eu ainda estava chorando. Aproveito para dar minha tacada final:

– Fernanda, só de pensar, só de imaginar que você pudesse ser uma prostituta, acho que eu me mataria.

Ela muda de expressão, torna-se extremamente agressiva:

– Quê que tá acontecendo aqui? É por isso que desde ontem tu tá tão esquisito? O que tu ficou sabendo? Quem te ligou? Alguém te ligou? É tudo mentira o que te contaram! É tudo mentira o que falaram pra ti!

– Ninguém me ligou, Fernanda. Do que é que você tá falando?

Ela me segura pela camiseta, pra variar:

– Escuta aqui, tu mexeu nas minhas coisas, Davi?

– Eu, não! Jamais faria uma coisa dessas!

– Se eu souber que tu mexeu nas minhas coisas eu te mato.

– Mas o que têm suas coisas de tão importante assim?

Ela me solta, cerrando os olhos numa expressão de enorme desconfiança. Ela também não podia baixar a guarda. Me visto e vou para a faculdade.

46

Compro uma passagem para o Brasil. Achei melhor não contar à Fernanda que estava saindo do país. Por telefone, permito que ela fique no apartamento até que encontre um lugar para onde ir, eu me viraria.

Combino com ela uma hora em que não estivesse lá para pegar algumas coisas. Estava tudo revirado. Bingo havia feito cocô pelo apartamento inteiro, uma lâmpada quebrada cobriu de cacos o chão do *closet* e notei que o baú estava mexido. Imaginei que ela pudesse ter voltado ao apartamento numa espécie de surto.

Eu havia telefonado para meu amigo Isaías e pedido para ficar em sua casa por uns dois, três dias. Grande amigo, sem me ver por vários meses, aceitou sem pestanejar.

Saio de casa somente com meus documentos, algumas camisas e meus ternos. Não queria deixar nada que ela pudesse rasgar, baita prejuízo. Coloco no ouvido uma música do Flaming Lips que havia acabado de comprar. A letra não podia ter sido melhor naquele momento: "*And all your bad days will end. And all your bad days will end*".

A sensação de liberdade que tive naquele momento foi ímpar. Estava livre. Estava vivo.

Assim que chego no apartamento de Isaías recebo uma mensagem de Fernanda no celular: "Agora eu sei de tudo. Abri seu computador e tinha a mensagem duma puta. Além de tudo você estava me traindo com uma puta!". Quase caguei nas calças.

Naquela noite ela mandou quarenta mensagens de texto e não parou de me ligar das oito da noite até as cinco da manhã. Jurei para mim mesmo que se ela não parasse de ligar até as seis eu chamaria a emergência psiquiátrica. Foi por pouco.

No dia seguinte, resolvo atender as ligações de Fernanda.

– Oi, Davi.

Sua voz revelava que estava completamente exausta, fraca, nunca havia ouvido uma voz assim.

– Oi, Fernanda.

– Então, ontem vieram umas amigas minhas aqui, tomamos todos os seus vinhos e fumamos quase todos os seus charutos.

– Isso é sacanagem!

– Algumas taças se quebraram, uma camisa tua encharcou de vinho.

– Algumas taças se quebraram? Como é que uma camisa encharcou de vinho?

– Não fala assim comigo.

– Não fala assim comigo o caralho! Vocês fumaram meus charutos, beberam meu vinho e fuderam uma camisa? Baita amigas você tem, hein?!

– Tu é um monstro! Um monstro! Não tem sensibilidade nenhuma!

Ela se põe a chorar:

– Um monstro!

– Me conta, o que aconteceu?

– Eu vesti suas roupas e andei pelo apartamento com elas, *ok*? É isso que eu fiz! Pronto! Tá satisfeito? Eu fui parar no hospital pra tomar injeção de calmante!

Aos poucos fui fazendo perguntas que revelaram que a história das amigas e do hospital parecia ser, mais uma vez, mentira. Ela deve ter tomado um porre, chamado uma ou outra amiga e detonado minhas coisas.

– Isaías, chama aquele seu amigo israelense, o Abdir, que vamos ter que ir até o meu apartamento resgatar algumas coisas que ficaram por lá.

Ligo para Fernanda e combino de passar em meu apartamento para pegar minhas coisas e, mais uma vez, sem que ela estivesse lá.

– Abdir, você que já fez exército, vai na frente.

– Eu não! Tá maluco? Vai você!

– Tá bom, eu vou abrir a porta.

Isaías estava atrás de mim. Puxei o Abdir para o meu lado, destravei a porta e o empurrei para dentro do apartamento. Ele fez pose de grande guerreiro à espera de um ataque do inimigo, mas não tinha ninguém.

– Ufa! – disse ele aliviado.

Trato de pegar o resto dos charutos, mais roupas e algumas outras coisas. Vou embora sem saber se quando voltasse, se é que voltaria, encontraria um objeto sequer em meu apartamento.

47

Depois de alguns dias com o Isaías, me mudei para a casa de outro amigo, John, no meio do Queens. Encontrei lucidez suficiente para encomendar à bela assistente nepalesa de minha cabeleireira uma bebida da Suíça, onde ela iria passar um tempo: Morand, sem dúvida a melhor *poire* do mundo.

– Se você trouxer, te amo pro resto da minha vida.

– *Ok*, vou trazer, mas quero algo do Brasil em troca!

A vida continuava.

Um dia antes de embarcar para o Brasil, converso com Fernanda ao telefone enquanto atravesso o Central Park. Apesar do receio de me encontrar com ela, tinha ido buscar algumas roupas que estavam na lavanderia perto de casa.

– Já que você admite que mentiu um monte para mim durante nosso namoro, eu tenho o direito de saber o *que* você mentiu para mim.

– É difícil...

– Se você me amou de verdade, como eu te amei, eu mereço essa chance.

– Não sei como te falar...

Começa a chover. Eu estava com apenas uma leve camisa de flanela e uma calça *jeans*, mocassim sem meia. Corro para um abrigo.

– E então?

– Tu não vai me julgar?

– Claro que não, só quero saber a verdade.

– Tá bem. Nossa, como é difícil...

Senti que vinham mais mentiras.

– Fala, Fernanda, agora é tarde demais pra ficar enrolando.

– Tá. Nossa, como é difícil... Começou como um fetiche, eu gostava de ver casais trepando. No começo, eu só ficava assistindo, mas depois eu comecei a interagir de uma forma... Como é difícil falar isso... Interagir de uma forma meio violenta, eu comecei a bater nos casais.

– E aí?

– E daí isso foi evoluindo e eu não consegui parar. É um mundo que tu jamais entenderia, Davi. E, bem, hoje eu bato em homens.

– Você é paga pra bater em homens?

– Não é bem paga, e não é nada sexual. É estritamente proibido qualquer contato sexual. Tu não entenderia. Eu nunca te traí, fui só sua o tempo todo, tu tem que acreditar em mim!

– Mas você recebe grana por isso?

– Sim, recebo. Mas é só porque tem de existir a relação de dinheiro. Não sei como explicar, tu não vai entender.

A chuva diminui e eu continuo a atravessar o parque. Estava em direção ao East Side na altura da rua 60.

– E você guarda alguma forma de registro disso tudo, algum controle dessa grana?

– Não, não tenho nada.

– Escuta, eu acho que você está mentindo.

– Eu estou mentindo? Eu abro a coisa mais íntima sobre mim e tu fala que eu estou mentindo?

– Sim, você está mentindo. E sabe o que mais? Eu acho que você é uma putinha de merda que cobra 400 dólares pra dar esse rabo.

– O quê?! Escuta aqui, quem tu pensa que é pra me julgar dessa forma?

Ela gritou tão alto que tive de afastar o telefone da orelha.

– Não estou julgando, estou falando que você é uma puta, só isso.

– Uma puta!? Tu acha que eu dou por dinheiro? Só porque tu pensa isso eu nunca mais vou falar contigo!

Será que Victoria Blue, Fernanda Ayres e Fernanda Alves Gusmão cumpririam a promessa?

Avisto o Harry Cipriani. Me bate outra letra de Aldir: "*Eu sigo na chuva, de mão no bolso e sorrio*".

Molhado de chuva até os ossos, entro no restaurante. *Eu disse ao garçom que quero que ela morra*. Peço um *blood mary* e um risoto de fígado de vitelo. Quarenta minutos no paraíso. Saio do restaurante, *olho as luas gêmeas dos faróis e assovio. Somos todos sós, mas hoje eu estou de bem comigo e isso é difícil.*

Impressão e Acabamento